Sweet Love. Erik y Summer

La Romántica

Moruena Estríngana

Sweet Love. Erik y Summer

Serie Sweet Love 3

Planeta

El papel utilizado para la impresión de este libro está calificado como **papel ecológico** y procede de bosques gestionados de manera **sostenible**.

Avinguda Diagonal, 662, 6.ª planta. 08034 Barcelona (España)
www.planetadelibros.com

Diseño de la cubierta: Booket / Área Editorial Grupo Planeta
Fotografía de la cubierta: © Andrey Valerevich / Shutterstock
Primera edición en Colección Booket: marzo de 2020

Depósito legal: B. 1.485-2020
ISBN: 978-84-08-22482-2
Composición: Realización Planeta
Impresión y encuadernación: Liberdúplex, S. L.
Printed in Spain - Impreso en España

Biografía

Moruena Estríngana nació el 5 de febrero de 1983. Desde pequeña ha contado con una gran imaginación pero, debido a su problema de dislexia, solo escribía en sus libretas pequeñas poesías o frases mientras su mente no dejaba de viajar a otros mundos. Con 18 años, cuando su padre le dejó usar un ordenador por primera vez, encontró un aliado para dar vida a todas esas novelas que estaban deseando ser tecleadas. Empezó a escribir su primera novela antes de haber terminado de leer un solo libro, ya que escribir le permitía leer sin sentir esa ansiedad de no comprender lo que leía. Sus libros eran su refugio en más de un sentido. El 3 de abril de 2019 se cumplieron diez años de la publicación de su primer libro en papel, *El círculo perfecto*, momento desde el cual comenzó a luchar por sus sueños sin que sus inseguridades la detuvieran, demostrando que las personas imperfectas pueden llegar tan lejos como quieren. Actualmente tiene más de cien publicaciones, ha sido número uno en iTunes, Amazon y Play Store en más de una ocasión y no deja de escribir libros que poco a poco verán la luz. Su web personal moruenaestringana.com, donde cuenta sus novedades y curiosidades, ya tiene más de un millón de visitas.

Facebook: **MoruenaEstringana-Escritora**
Twitter: **@MoruenaE**
Instagram: **@moruenae**

A mi marido y a mi hijo. Os quiero

Prólogo

Summer

Observo entre las sombras cómo Erik mete sus cosas en el coche negro que lo espera para irse lejos de aquí, a un internado, por todo lo sucedido.

Al fin parece que ha decidido decir «basta», y todo por un accidente que casi lo mata, algo que siempre recordará por la cicatriz de su mejilla.

Se despide de sus padres sin un abrazo, sin un gesto de cariño.

Ya nada queda de ese niño que sonreía con facilidad, que cuando te miraba con sus intensos ojos grises eras incapaz de no perderte en ellos y en toda la vida que transmitían.

Todo eso desapareció hace años por las malas compañías. Por querer vivir demasiado deprisa.

Lo miro una vez más antes de, seguramente, dejar de verlo por mucho tiempo.

Llevamos años sin ser amigos. Sin hablar ni ser los cómplices que éramos. Sin estar uno al lado del otro sin decir nada, pero sintiendo que está todo perfecto así.

Me gustaría decir que ya no siento nada por ese joven de cabello negro y ojos tristes, pero mentiría.

Con él aprendí lo que era ser una niña que quería a su familia y a sus amigos, una niña que aprendía lo diferente que es ese sentimiento cuando se ama.

Erik va a montarse en el coche, se me encoge el corazón y entonces, como si lo sintiera, alza la vista y nuestras miradas se entrelazan tras tanto tiempo, sin verse reflejadas en la del otro.

Se despide de mí con un gesto que le devuelvo y, ahora sí, entra en el vehículo.

Mientras lo veo alejarse me pregunto qué pasará cuando volvamos a encontrarnos y si habrá un nuevo tiempo para ser amigos de nuevo, porque para amarlo, no.

Sé lo que duele querer a Erik y no quiero volver a sufrir por él.

Eso se acaba hoy.

PRIMERA PARTE

Actúa para mí

Capítulo 1

Summer

Entro en mi nuevo hogar emocionada ante esta aventura.

¡Estoy en la universidad!

Y sola, sin mis padres y mis hermanos. Los quiero mucho y seguramente esta euforia de vivir sola y ser independiente se termine cuando tenga que lidiar con todas las tareas de la casa y con la compra, y pase el tiempo suficiente para extrañar todas las cosas de mi familia que últimamente me ponían algo de los nervios. Sobre todo mi padre, que, al ser presentador de noticias y estar siempre al tanto de los sucesos de última hora y de lo que se cuece entre las modas de los más jóvenes y cómo les afectan, está obsesionado con vigilar mis movimientos y controlar si me meto donde no debo en el móvil o por internet.

Creo que mis padres están menos preparados que yo para mi etapa en la universidad.

Solo espero que no acaben encontrando excusas para venir todos los días a verme.

Ya tengo dieciocho años y deberían comprender que ya no soy una niña.

Miro a Dalia, la que será mi nueva compañera de piso. Lleva el pelo teñido de rosa a juego con las uñas y el pintalabios. Está claro cuál es su color favorito.

Es prima de Daura, amiga de Debbie y Neill. Cuando se enteraron de que vendría a su universidad hablaron con ella para ver si seguía sin encontrar a nadie que le encajara para compartir piso. Y así era. Es dos años mayor que yo y, aunque al mirarla tus ojos sufren por el exceso de color, luego te acostumbras y hasta te dan ganas de probarlo.

—Este es tu cuarto. Espero que te guste.

Observo el cuarto. Es bastante amplio. Tiene un armario empotrado, un escritorio muy grande, una cama que parece de matrimonio y hasta una pequeña tele para poder ver lo que quiera sin tener que compartir el salón.

—Está genial. Me encanta.

—Se te nota. Me recuerdas a mí cuando vine el primer día. Todo me parecía genial..., hasta que la realidad te golpea. Entonces todo sigue estando de puta madre, pero hacerse mayor tiene sus complicaciones. Sobre todo de las que tienen pene.

Me cuesta mucho no agrandar los ojos ante su vocabulario. Ya me dijo Debbie que Dalia era así. Que hablaba algo mal y de forma directa.

—En mi mente no entra la complicación «chicos».

—Ya, claro, hasta que veas a uno que te ponga cachonda y te des cuenta de que lo puedes traer a tu cuarto sin tener que dar explicaciones a tus padres. —Me guiña un ojo—. Bueno, he quedado para ir a tomar algo. —Saca una tarjeta de la cartera y me la tiende—. Pásate luego cuando ordenes todo, si quieres.

—Lo pensaré. Gracias.

Se marcha y entonces sí miro todo con nuevos ojos, sin miedo a parecer muy pipiola. Registro la casa entera. Miro la nevera, que no tiene nada de nada. Y eso que Dalia empezó hace una semana las clases... Da igual.

Todo me parece increíble; ni siquiera me importa que el aseo parezca una pocilga y que Dalia haya dejado todo por en medio.

Estoy sola, soy universitaria y me voy a comer el mundo.

Me suena el móvil, lo busco y veo que es Esme, mi mejor amiga.

—Dime que tu casa es tan chula como la mía —me dice nada más descolgar—. ¡Si hasta tengo cuarto propio, sin un hermano que me chinche todo el día! —Se ríe—. Lo voy a echar de menos, pero esto es demasiado increíble.

—Mi casa está genial y mi compañera de piso me ha dicho que puedo traerme a quien quiera al piso.

—Deberías, estás en dique seco desde hace años.

—Eres tan bruta como ella, creo que por eso nos llevaremos bien. —Se ríe de nuevo.

Somos de la misma edad y nos conocemos desde que nacimos, al ser nuestras madres amigas. A ella sí la voy a echar de menos. El problema es que en su universidad no tenían Arte Dramático y por eso acabé en esta. Mi padre asegura que es la mejor en este ámbito.

Estos últimos años es cuando más nos hemos unido; si antes éramos amigas, ahora somos las mejores amigas.

Suena el timbre en su piso.

—Te dejo, que el hermano de Debbie ha quedado en enseñarme todo esto.

—No sabía que lo conocías.

—No lo conozco, pero Debbie me dejó su número por si necesitaba algo y le he llamado para decirle que necesito un guía. Ya te contaré.

Sonrío por Esme. Es así, como un huracán, y con los años va a peor. Me encanta.

Escribo al grupo de familia para decirles que estoy bien:

> Summer: Estoy instalada y todo está genial. Me encanta.
>
> Mamá: Cómo me alegro, hija, recuerda tener mucho cuidado y no bebas más de la cuenta.
>
> Summer: Ok.
>
> Papá: Y, si puedes, llega virgen al matrimonio. Está de moda.
>
> Summer: ¡Papá!
>
> Mamá: Bueno, pues usa protección, no queremos ser abuelos tan pronto, hija.
>
> Summer: ¡Dios! Sois imposibles, os dejo, que he quedado.
>
> Mamá: Ok, ten mucho cuidado.
>
> Papá: Evita a los hombres.
>
> Clara: En serio, cuando yo vaya a la universidad me olvido el móvil en casa. Sois lo peor.

Dejo de leer sus mensajes cuando mi hermana, dos años menor que yo, pone lo que yo estoy pensando. Quiero mucho a mis padres, pero necesito que confíen en mí y sobre todo que mi padre y sus amigos no miren de manera amenazadora a todos los chicos que alguna vez se me han acercado. Creo que el hecho de que Erik me hiciera aquello y jugara conmigo no ayudó.

Sé que solo tratan de cuidarme, el problema es que me asfixian.

Cojo la tarjeta que me ha dejado Dalia y me marcho hacia allí. ¡La noche es joven y por fin no tengo toque de queda!

Capítulo 2

SUMMER

Entro al *pub* que me ha dicho Dalia y no tardo en verla. Es lo bueno de que tenga el pelo de color rosa. Al verme me saluda efusiva y se acerca a mí como si fuéramos amigas de toda la vida y acabáramos de encontrarnos tras años estando separadas. Su exageración me encanta.

—¡Qué bien que estés aquí! Te voy a presentar a mis amigas y a los maromos que se nos han acercado. —Alza las cejas con coquetería—. Es la consecuencia de lucir un poco de escote, los atraes. —Se baja un poco la camisa y luego se la sube—. Y luego cierras el negocio para que no te miren solo a las tetas mientras te hablan y no piensen que eres una chica fácil.

Nos acercamos a una mesa y me presenta a sus amigas. Aída y Fara. También de su edad, aunque no comparten su afición por los tintes hirientes de ojos: la primera es rubia y la segunda, morena.

—¿Qué tal tu primer día? ¿Te gusta lo que has visto? —me pregunta Fara antes de darle un trago a su cerveza.

—Está genial. —Aída se ríe.

—Qué cara de novata tienes. Vas a estudiar Arte Dramático, por lo que nos ha contado Dalia, ¿no? Te aconsejo que cambies tu mirada de inocentona.

—Déjala, todas hemos sido nuevas —me defiende Dalia—. Ya le cambiará. ¿Te traigo una cerveza?

—¡Claro!

—A ver si se va a emborrachar y nos toca cargarla hasta tu casa... —le dice Fara. En seguida sé que estas dos me van a caer muy mal.

—Aguanto muy bien el alcohol —le digo retadora.

—Eso habrá que verlo, novata. —Le sonrío y se va a la barra con Dalia a por bebida; creo que van a dejar las cervezas por hoy.

—Así que nueva... —me dice uno de los chicos que están a su lado y a los que ni siquiera me han presentado.

—Sí, lo tengo pintado en la cara. —El chico se ríe. Es muy guapo, parece de último año de carrera.

Lleva la sudadera del equipo de fútbol. El pelo es rubio y los ojos marrones. Muy guapo y, a juzgar por su sonrisa, lo sabe. Es un depredador, como diría Esme, a la que ahora mismo echo mucho más de menos. Con ella salir de fiesta era diferente. Si algo no nos gustaba, nos íbamos. Y no nos importaba desentonar mientras estuviéramos juntas.

—Si quieres, te puedo enseñar cómo es esto.

—No quiere —le dice Fara, que deja una copa delante de mí en la mesa—. Está muy verde para un hombre como tú.

—Creo que ya soy mayor para decidir eso por mí

misma —le digo cansada de que me traten como si ser nueva y más joven fuera algo malo.

—Vaya, tiene genio la niña —dice otro de sus amigos—. Me llamo Joel, y este idiota es Sabás. No le hagas caso.

Joel me parece el más simpático de todos. Tiene el pelo castaño y los ojos verdes y me fijo en que bebe agua. También lleva la chaqueta del equipo.

—No suelo hacer caso a la gente, hago siempre lo que yo quiero.

—Mejor —me sonríe Joel.

—Por cierto, no sabéis quién es su padre —dice Dalia tras dar un largo trago a su copa, y a mí la bebida se me atraganta—. Ángel, el de las noticias de las nueve.

Entonces, inevitablemente, pasa lo de siempre: dejo de ser solo Summer para ser la hija del presentador de telediarios más famoso del país.

Y después vienen las preguntas para saber más sobre mi padre. De cómo es vivir con un famoso y todas esas cosas. Para mí es solo mi padre y tal vez por eso nunca he visto a la gente que sale en la tele como superestrellas o divinidades, solo como personas normales que sufren y padecen de la misma forma que los demás.

Las preguntas no cesan entre bebida y bebida. Yo tengo un puntito, pero no estoy tan bebida como Fara, a la que se le va la lengua y se ríe sin sentido. Joel sigue a mi lado y Sabás no para de acariciar el brazo de Aída, dejando claras sus intenciones para después.

—No sé qué narices hace aquí —dice Sabás, mientras yo sigo a lo mío—. Le gusta ir de superior y dejar claro que no necesita a nadie para hacer lo que le dé la gana. No debería ser el capitán.

Ahora sí tiene toda mi atención; yo sé quién es el capitán del equipo. Erik.

Lo busco entre la gente.

—Sea como sea, cada año que pasa está más bueno —dice Fara—. Cómo me gustaría que mojara en mí su chocolatina...

Sus amigas se ríen por el juego de palabras y yo al fin lo veo. Está solo, al final de la barra, y se acaba de pedir una cerveza. Nadie lo acompaña. Nadie se le acerca y, sin embargo, casi todos lo miran, y no me extraña; si ya era guapo con diecisiete años, ahora es simplemente perfecto.

Es mucho más alto de lo que recordaba, y más corpulento. La última vez que lo vi, a causa de las drogas y de haber pasado por el hospital, estaba muy delgado y desgarbado, aunque a mí me parecía increíblemente guapo. Sí es cierto que ahora, con ese moreno de piel, lo está bastante más.

«Ha cambiado mucho», pienso cuando se vuelve y observa la sala mientras bebe su cerveza como si no necesitara a nadie. Sus ojos grises son fríos y se parecen a los de su padre, por su mirada sagaz. Aunque ahora más que nunca es un calco de Jack, su tío, cuando tenía su edad, solo que Jack siempre ha sido alegre y risueño.

Erik, por el contrario, con esa mirada entrecerrada y ese pelo negro algo largo, parece más un pirata en busca de su próximo botín, lo que hace que los que están a su alrededor lo teman a la vez que lo desean.

—Es un imbécil —dice Sabás.

—Que pase de ti no lo convierte en un imbécil —dice Joel.

—A mí me da igual lo que sea mientras me deje montarlo —dice Fara, y las demás se ríen.

Erik escruta el ambiente, pero dudo que me reconozca o que me salude al verme.

No dejo de mirarlo; por eso, cuando sus ojos se posan en los míos tras tres años sin vernos, le mantengo la mirada a la espera de saber qué hará y deseando que me reconozca.

Una parte de mí sabe que no solo vine a esta universidad porque tuvieran muy buenos profesores de Arte Dramático, sino también por él.

Por eso, cuando me saluda, sonrío como si no hubiera pasado el tiempo y siguiéramos siendo solo un par de amigos que aún nada saben de la vida ni de las complicaciones de esta.

Capítulo 3

SUMMER

Ha pasado mucho tiempo desde que nos despedimos. Él se fue a un internado para recuperar el tiempo perdido y mejorar. Y las veces que regresaba yo no estaba en las fiestas de nuestros padres. Hace años que me cansé de ellas y me quedaba en mi casa con Esme, donde hacíamos nuestra propia fiesta privada a la que se apuntaban, siempre que venían, Nora, Matty, Roni y Ewan.

Por eso, como llevamos tanto sin saber el uno del otro, esperaba que no me reconociera.

—¿Lo conoces? —me pregunta Fara cuando le devuelvo el saludo a Erik.

—Sí, somos amigos de toda la vida. Y no es un imbécil, solo tiene muy buen gusto eligiendo a sus amigos. Nos vemos otro día, chicos.

Recojo mi chaqueta y mi bolso y me voy hacia donde está Erik, que no ha apartado la mirada de mí. Me encantaría saber qué está pensando, y más aún que mi corazón dejara de latir como un loco. No se acuerda de que no quiero volver a sentir nada por este joven atormentado de ojos grises.

Me pongo ante él. No sé qué decir; la última vez que hablamos le dije que era de lo peor. Y que lo odiaba con todas mis fuerzas. Ahora que ha pasado el tiempo, al recordar ese día, también veo su mirada atormentada y devastada por lo que me hizo. Nunca comprendí por qué me quiso hacer creer que éramos novios solo por una apuesta, si en sus ojos vi que se odiaba a sí mismo por lo que me hacía.

—Hola, Erik —le digo tras tanto tiempo.

—Summer. —No sé si se alegra de tenerme cerca o, por el contrario, preferiría que me hubiera quedado donde estaba—. Te invito a algo.

Se vuelve y se sienta en una silla de la barra. Hago lo mismo, sentándome a su lado, muy cerca. Me mira de reojo y hago lo mismo. Hemos cambiado. Nada queda de lo que fuimos y, sin embargo, por primera vez en muchos años al mirarlo veo a mi amigo. A ese niño que siempre encontraba un rato para hablar conmigo. Al que me enamoró mientras hablábamos de cualquier cosa con tal de no estar callados. Al que fue mi mejor amigo.

—¿Una cerveza? —me pregunta cuando el camarero se acerca, y pide una con y otra sin alcohol muy fría.

—Veo que te cuidas.

—No bebo ni me meto nada raro desde hace tres años.

—Mejor, no te sentaba nada bien ir puesto hasta las cejas. —Esboza una pequeña sonrisa.

Mis ojos van a su cicatriz y me recorre un escalofrío por lo que pudo haber pasado.

—Sabía que vendrías —dice cambiando de tema—, mi madre me lo dijo.

—Y de no ser así, ¿me hubieras reconocido?

—Claro que sí, nadie tiene esos ojos verdes, salvo tu padre.

El camarero nos trae la cerveza y doy un trago.

—¿No tienes amigos? —le pregunto directa—. Es lo que me han dicho tus compañeros de equipo.

—La gente se piensa que muerdo —me dice divertido.

—Nunca se te dio mal hacer amigos.

—Y juntarme con los peores, puedes decirlo.

—Aquellos no eran tus amigos, solo unos interesados que te querían cerca para beber y drogarse gratis —le suelto sincera.

—Siempre lo supe, Summer. —No me mira y me pregunto que, si lo sabía, ¿por qué los eligió cuando no eran buena compañía y lo llevaron por el peor camino posible?

—Entonces eres más tonto de lo que creía —le digo a las claras.

—No te voy a contradecir.

—Pues vaya aburrimiento —le respondo.

—Es lo que hay.

—Antes no eras así.

—Ya no queda nada de mí, de quien fui. —Me recorre un escalofrío por su forma de decirlo—. Puedes unirte a los demás y mirarme como si fuera intocable.

—Es lo que pareces aquí sentado con esa cara de perdonavidas. La mayor parte de lo que te pasa en esta vida es por tu culpa, el resto es cosa del destino.

—Entonces, tanto el destino como yo nos queremos una mierda.

—Estás cenizo esta noche —le digo dándole un

empujón con el brazo. Me termino la cerveza—. Creo que por hoy ya he bebido suficiente; lo dejo, o acabaré bailando sobre la barra. —Lo miro sonriente esperando a que diga algo; no lo hace.

—Me voy a casa. ¿Te vienes? Tus amigos, si es que lo son, se han ido.

Miro hacia donde estaban y, efectivamente, no están.

—No sabes dónde vivo.

—Sí lo sé, me lo dijo también mi madre. Yo vivo en uno de los áticos de esa urbanización de pisos de estudiantes.

—¿Solo?

—Claro, nadie me soporta. —Me parece que esboza una pequeña sonrisa.

—Creo que puedo soportarte de camino a casa.

Salimos hacia allí. Espero que diga algo. No lo hace; solo hay silencio, y en cada paso de vuelta a mi nuevo hogar me doy cuenta por primera vez de que aquellos días en los que reíamos sin sentido y éramos amigos nunca volverán, y que en el fondo lo esperaba.

—¿Nos vemos...?

—No, cada uno debe hacer su vida —me espeta algo tajante.

—Claro, solo somos amigos del pasado.

—Sí, y nada más.

Asiento y me dirijo hacia mi portal. Él se queda rezagado.

—Summer —me llama, me vuelvo y veo un gran tormento en sus ojos antes de que aparte la mirada—, lo siento.

No añade más, pero yo sé que es por haberme mentido. Y que eso era lo único pendiente que teníamos. Que ya nada nos une, ni tan siquiera una tardía disculpa.

Capítulo 4

Erik

Entro en mi solitario piso y cierro la puerta. El silencio cae sobre mí. Un silencio al que debería estar acostumbrado. Llevo ya dos años viviendo aquí.

Dejo mis cosas sobre una silla y pienso en lo que me hizo ir esta noche a ese *pub*: sé que la buscaba. Que una parte de mí sabía que ella estaría allí, como el resto de los estudiantes que buscan un rato de diversión.

No tardé en localizarla; hay personas a quienes, por mucho que cambien y por mucho que pasen los años, nunca olvidas. Siempre las reconoces en cualquier parte sin que el tiempo, que ha hecho estragos en su piel, te haga olvidarlas.

Summer está como siempre, preciosa. Con esos grandes ojos verdes y ese pelo rubio trigo. Su sonrisa sigue siendo su mejor complemento.

Sus labios siguen siendo igual de rojos y apetecibles, y su cara ya no tiene esas redondeces infantiles; ahora es tan hermosa como siempre supe que sería.

También su cuerpo es deseable; no me extraña que Joel no se le despegara. No es mal tipo, y sabe que Summer puede ser una interesante conquista.

Aún recuerdo el dolor de su mirada cuando le dije que lo sentía y supo que todo entre los dos acababa aquí. Lo peor es que no sabe la verdad, y nunca se la diré.

No siento haber estado con ella por una apuesta, ya que todo era mentira. Algo que inventé cuando me di cuenta de que solo la estaba arrastrando a mi mierda de vida. Que mi oscuridad era tan grande que solo podría corromperla. Por eso me inventé esa historia, recordando lo que mi padre hizo con mi madre y modificándolo un poco. Sabiendo que eso la alejaría de mí para siempre.

O al menos durante unos años, pues hoy la chica risueña y alegre que un día fue mi novia, por tan poco tiempo, y mi amiga se ha acercado buscando en mí a ese chico de catorce años que ya nunca volverá, y menos tras los seis años transcurridos.

Por eso una vez más la he alejado de mí, para que no se pase la vida buscando un fantasma de mi pasado; eso solo le haría daño.

Y yo, que sé lo que es el dolor, no quiero que la persona que más me ha importado nunca, después de mi familia, sufra.

El problema es que no sé si ahora que estamos tan cerca seré capaz de alejarme de ella. O una vez más buscaré quemarme con su luz.

Capítulo 5

Summer

Ha pasado un mes desde que empecé la uni y me sigue pareciendo emocionante, pero ya he bajado de esa burbuja de que todo era *superhappy*.

No paran de mandarme trabajos y todavía no hemos empezado a actuar, que es lo que yo quiero.

Siempre me ha gustado el arte. Cuando era pequeña mi padre me llevaba con él al trabajo y me perdía entre las luces y las cámaras. Me encantaba esa emoción de entrar en antena.

Hasta me colaba en los otros platós y veía cómo rodaban series y películas. Una misma persona era capaz de vivir cientos de vidas. De reír y al segundo llorar. Era superemocionante y supe que quería ser actriz, un camaleón de los sentimientos.

Yo tenía otra idea de cómo sería la universidad, y al parecer también mi amiga Esme, que me llama mientras tiende la ropa.

—En serio, odio las tareas de la casa, y yo que pensaba que ayudaba a mi madre... Pero no, esto es peor. No he terminado de hacer una cosa cuando aparece otra. Y a eso añádele estudiar y la mierda de trabajos. ¡No me queda tiempo para ligar! Y eso que la uni me sienta de maravilla y estoy pibón.

Me entra la risa y me sigue.

—Cómo te echo de menos —le digo al final—. Dalia es buena gente, pero sus amigas, no. Aun así, he salido con ellos de fiesta alguna vez. No es lo mismo sin ti.

—Yo también te echo de menos. A ver si sacamos tiempo para poder quedar.

—Sí.

Seguimos hablando un rato más hasta que cada una vuelve a sus obligaciones. Tras un rato estudiando, decido darme una larga ducha de agua caliente. Estoy terminando de enjuagarme la espuma cuando la alarma de incendios resuena con fuerza atravesando el grosor de los cristales.

Me aterro y salgo de la ducha para ponerme la ropa interior y la camiseta sin secarme. Salgo de la casa tras ponerme las zapatillas y coger el móvil. La gente ya está saliendo de sus casas. Me sorprende que no lo hagan corriendo ni aterrados. Solo algunos que, al igual que yo, cogen las escaleras para huir del fuego, esté donde esté.

Salgo hacia la calle, donde está la piscina comunitaria, y trato de localizar el incendio. No lo encuentro, pero sí distingo luz en el ático de Erik, y a él no lo veo por ninguna parte.

Sé dónde vive porque Dalia, tras interrogarme de por qué lo conocía, me lo dijo.

Voy hacia su portal y subo las escaleras esquivando a la gente que trata de huir de un modo descontrolado.

Llego a su puerta y toco el timbre. Me ignora. Aporreo la puerta y grito su nombre, y entonces sí me abre.

—¡Hay un incendio! —le digo cuando me mira con cara de pocos amigos—. ¡¿Acaso no has escuchado las sirenas?!

—Pasa.

—¡No! ¡Se están quemando los pisos!...

—¿De verdad? Yo solo veo que vas medio desnuda y que se te calará todo por la camisa mojada, Sum. Pasa.

Lo hago, atónita por que me llame con mi diminutivo, algo que solo ha hecho él. Nadie me llama así.

—Nos vamos a quemar.

—Lo dudo. —Se va hacia su cuarto y regresa con una sudadera y una toalla—. Sécate o vas a coger una pulmonía.

—¿Y el incendio?

—¿Has escuchado las sirenas de los bomberos? —Niego con la cabeza—. Es una falsa alarma que activan de vez en cuando un par de capullos que lo único que quieren conseguir es ver a mujeres medio desnudas.

—Vamos, que he sido una idiota.

—No, es normal que bajaras.

—Por suerte apenas estuve tiempo abajo.

—Tampoco se te ve tanto. Ve a secarte —me dice para que no me atormente. Como un amigo que trata de aliviar a otro.

Cuesta recordar que no lo somos. Me miro al espejo del baño. Se me ha calado hasta la ropa interior, pero por suerte es azul oscuro y no se ve nada. Me quito la camiseta, empapada por mi pelo mojado de la ducha. Me seco el pelo y me pongo su sudadera. Huele a él. Ya no es el perfume que usaba cuando estuvimos juntos. Cuando lo besaba creyendo que lo nuestro era un «para siempre», sin saber que solo era una broma de Erik para ganar. Mis besos eran de verdad y creía que los suyos también.

Me pregunto cómo alguien puede fingir tanto..., y eso que voy a estudiar Arte Dramático y se supone que debería estar más habituada a la representación de papeles...

Salgo ya con su sudadera puesta, que me queda enorme. Él es mucho más alto y corpulento que yo.

Erik mira por la ventana. Me pongo a su lado y veo a la gente en el patio: algunos corren asustados, otros lo ven como algo normal y ni se inmutan, a la espera de que las alarmas dejen de sonar.

—No deberían jugar con algo tan serio —le digo enfadada.

—Luego, en el informe, dicen que es para que la gente esté preparada.

—¿Quiénes son? —Erik señala a un par de tíos que se ríen algo alejados, con un móvil en la mano—. Qué asco dan. Hay mucho salido suelto.

—Por desgracia, sí. Pero también hay salidas, esto no es solo cosa de hombres.

—Es cierto.

Lo miro. Hay tanto que quiero decirle... Cuesta recordar todo lo malo cuando al mirarlo solo piensas en abrazarlo fuerte y no dejarlo escapar nunca de tu lado.

La gente piensa que Erik va de sobrado, que no necesita a nadie. Yo, cuanto más lo miro, más veo a alguien triste y que se ha hecho amigo de la soledad por alguna razón.

Me centro en su piso para no cometer la estupidez de abrazarlo.

Es pequeño, pero bien equipado. Tiene una tele de plasma bastante grande y un sofá de cuero negro que parece reclinable. La cocina da al salón, como en el nuestro, y también está muy bien equipada, con varios electrodomésticos. Tiene hasta una cafetera que parece de bar.

Todo está recogido y limpio. No parece que viva aquí, salvo por el libro que tiene abierto en la mesa. Erik está estudiando Administración y Dirección de Empresas. Por lo que sé, para ayudar a su padre en el negocio familiar. Me pregunto si le gustará, porque antes su sueño era ser futbolista profesional.

Y bien podría serlo. Es muy bueno. He ido a alguno de sus partidos con mi compañera de piso y se merece ser el capitán. Sabe qué decir o cómo dirigir para que en un partido que parece perdido su equipo remonte.

—Creo que será mejor que me vaya.

—Mejor que esperes a que toda esta pantomima haya acabado.

—No quiero molestarte, estabas estudiando.

—Podré soportarlo.

Erik cierra la ventana y me tiende el mando de la tele. Me siento en el sofá. Él se va a su cuarto y al poco regresa con otro pesado libro y se pone a estudiar detrás de mí. No volverme a mirarlo me cuesta. Tratarlo como si nunca me hubiera importado, mucho más.

El silencio nunca ha sido tan pesado entre nosotros.

La sirena deja de sonar. Espero un poco y me vuelvo hacia Erik, que mira su libro sin levantar la vista.

—Me marcho. La sudadera...

—Tengo más, quédatela.

No me mira, y sé que me dice eso para que no tengamos que volver a vernos.

—Bien. La tiraré entonces, si a ti no te importa.

—Haz lo que quieras.

Voy hacia la puerta y la abro a la espera de algo más. La cierro, sabiendo que lo que deseo no llegará nunca.

Erik

Alzo la cabeza del libro y contemplo el lugar donde hace unos segundos estaba Summer. Me miraba a la espera de que volviéramos a ser los amigos que fuimos. De que todo fuera como antes.

¿Cómo ha podido olvidar lo que hice? ¿Por qué sigue buscando en mí a su amigo?

Ya no está y nunca volverá. Esta mierda es lo que queda de lo que fui. Un capullo que aleja a alguien que irremediablemente desea que esté cerca.

Capítulo 6

Summer

Al fin hemos empezado a actuar. Es subirme al escenario y sentir que tengo el mundo a mis pies. No en el sentido literal. Pero sí como si, mientras actúo, mi corazón latiera con más vida.

No hago esto por ser famosa. Lo hago porque es parte de mí.

Estamos en el escenario y el profesor de interpretación quiere ver nuestro potencial para asignar los papeles de una obra de teatro que se hará antes de Navidad.

—Summer, quiero ver en tus ojos el dolor que te produciría una ruptura.

Asiento. Y lo miro a los ojos mientras recuerdo cómo me sentí cuando perdí a Erik. Ha habido otros después. No muchos, pero sí he intentado seguir con mi vida. Buscar el dichoso clavo que dicen que saca el que más te hirió.

Ninguna despedida fue tan dolorosa como la de Erik.

Mis ojos se llenan de lágrimas y revivo el momento

en que mi amor se transformó en el odio más profundo, para poder seguir viviendo.

—Perfecto. —Me seco las lágrimas que caen por mi mejilla y pienso en otra cosa para dejar a un lado el dolor.

—Claro, ella es una enchufada —protesta una de mis compañeras—. Seguro que su padre ha pagado mucho dinero para que su hija sea la estrella.

—Si prefieres creer eso a aceptar que soy mejor que tú, por mí perfecto —le digo a Marta.

Desde que me vio me mira con odio. Es la típica niña perfecta que desde pequeña en clase siempre ha tenido un séquito de compañeras rodeándola. Y aunque esto es la universidad y esas chorradas se quedaron en el instituto, ella se niega a perder su trono. Tal vez por eso sea la jefa de las animadoras. Hay muchas que, por no perder su puesto, le ríen todas las gracias.

—No puede ser más tonta —me dice Dalia.

Ella también estudia Arte Dramático, aunque ya está en tercero. Hoy estamos todos juntos porque esta obra de teatro la interpretarán los mejores de los cuatro cursos. Los de primero lo tenemos jodido, porque no suelen dar papeles protagonistas a los novatos.

—Paso de ella.

—Bien, es todo por hoy —dice el profesor.

—Por fin, hoy estoy deseando irme. ¿Te vienes? Hemos quedado para tomar algo y luego ir a ver el partido.

—¡Claro! No tengo nada que hacer.

Es viernes y sí tengo muchas cosas que hacer. Entre ellas, volver a casa, cosa que aún no he hecho. Me da miedo ir y que el regreso me cueste el doble porque los echo mucho de menos. Hasta añoro la voz chillona de mi hermana cuando Gael, nuestro hermano pequeño, la pica para que chille. Nunca pensé que echaría eso tanto de menos.

Vamos a nuestro piso a cambiarnos de ropa. Las clases de interpretación son por la tarde, los martes y viernes. Y me ha dicho Dalia que a veces se alargan varias horas. A mí no me importa; me encanta estar en ellas.

Me doy una ducha y me seco el pelo sin secador. Así se me queda ondulado. Me pongo unos pantalones negros ajustados con unas botas de tacón y una blusa sin mangas azul claro.

—Ten. —Cojo el pintalabios que me da Dalia—. Rojo pasión.

—No, gracias, no me gusta cómo queda con el azul. —Se ríe.

—A mí eso me da igual; si algo me gusta, me lo pongo, encaje o no. ¿Qué te importa lo que piensen de ti cientos de personas a los que ni les importas? —Tiene toda la razón, así que acepto su pintalabios.

Me gusta, pero como me sigue chirriando la camisa azul, me la cambio por una blanca que pega con todo.

Dalia me mira al salir y sonríe.

—No me gusta a mí.

—Entonces has hecho bien.

Salimos hacia donde hemos quedado con sus amigos. Y digo amigos porque, aparte de Fara y Aída, está Oriol, amigo de Dalia de toda la vida al que se le nota que ella le gusta, pero que ella no siente lo mismo. O eso dice ella siempre. Aun así, no pueden vivir el uno sin el otro.

Llegamos al *pub*, que está lleno de estudiantes. Es muy pronto para beber, al menos para mí. Por eso me pido un refresco y algo de picar. Las comidas que he hecho desde que vine no tienen nada de saludables. Ahora me arrepiento de no haber dejado que mi madre me enseñara a cocinar. Me tocará llamarla para que me explique recetas, o voy a morir de tanta comida basura y precocinada.

Saludo a sus amigos de palabra, porque paso de darles dos besos a Fara y a Aída, que, cuanto más las conozco, peor me caen. Dalia es amiga suya de toda la vida y sus madres también son amigas. Me pregunto si sigue con ellas por esa amistad de tantos años o porque lo desea.

A veces nos acostumbramos a lo cotidiano y cuesta romper con ello.

—¡Hola! —me dice Joel detrás de mí.

Me vuelvo y le sonrío. Desde que lo conocí nos hemos visto alguna que otra vez. No puedo negar que es muy guapo. Pero nada más. Me cae bien y por eso me gustan nuestros encuentros.

—¿No deberías estar concentrado? —Mira detrás de él y veo a varios de sus compañeros.

—Lo tenemos todo controlado. Este partido es fácil.

—Ningún adversario lo es. Si le das esa categoría antes de empezar, tal vez seas tú el que muerda el polvo por no habértelo tomado en serio.

Me mira como si me hubieran salido dos cabezas.

—Eso mismo nos ha dicho Erik. Supongo que esto te lo ha dicho otras veces.

—Él no, su padre lo decía cuando jugaban al fútbol en el jardín de su casa.

—¿Casa o mansión? Porque ese niño bonito es un marquesito y sus padres son duques. —Se ríe—. Joder, quién pillara esa vida... Seguro que siempre ha vivido entre algodones, y a nosotros nos trata fatal.

—Te aseguro que no. Su padre trabaja como el que más, y su madre también. Hoy me estás empezando a caer un poco mal —le digo sincera.

—Lo siento, he tenido movida en casa. Ya ves, a unos les sobra el dinero y a otros nos falta hasta para comer. Han despedido a mi padre esta mañana.

—Lo siento... Si puedo hacer algo por ti...

—Nunca aceptaría limosna de nadie, he conseguido un trabajo. A ver cómo lo puedo compaginar con el fútbol y los estudios.

—¿Sabes? Puede que yo ahora no necesite el dinero, pero la vida da muchas vueltas y, si un día lo pierdo o me quedo en la calle con la soga al cuello, me gustaría pensar que la gente no me dejaría ahogarme y me echarían una mano. No es darte limosna ni tenerte lástima, es convivencia: hoy por ti y mañana por mí.

—Vaya, dos lecciones en un solo día, Summer. Me estás dejando por los suelos. —Sonríe—. Lo tendré en cuenta. —Me guiña un ojo—. Siempre puedes venir todas las tardes a la cafetería, pedirte el café más caro y darle limosna al camarero más guapo.

—Ummm..., lo pensaré.

No tarda mucho en irse con sus compañeros. Algunos ya han empezado la fiesta y van algo bebidos. Se nota que pasan de este partido porque lo dan por ganado.

Ojalá pierdan.

Poco antes de que empiece el partido vamos hacia allí. Llevan tres años seguidos ganando la liga universitaria. El anterior capitán fue mi amigo Mathew, que ahora solo se dedica a su carrera y, aunque recibió una gran oferta para jugar al fútbol en un buen equipo, dijo que no para hacer lo que le gustaba y también trabajar junto a su padre en las empresas. El que sigue triunfando es Neill, que ha sido fichado por otro equipo, convirtiéndose en el fichaje más caro de la liga profesional.

Nos sentamos bastante alejados del campo. Los mejores asientos son para familiares e invitados de los miembros del equipo.

Una vez que le dejo mis cosas a Dalia, voy a comprar algo para beber y cenar. Al final opto por unos perritos calientes y cervezas frías. Me dan una bandeja de cartón para poder llevarlo todo. Llego a donde están mis nuevos amigos y Dalia me quita todo de las manos para que pueda sentarme.

El partido empieza y, como ya se esperaba, los del equipo de Erik, menos él, Joel y dos más, no dan pie con bola. Erik se cabrea con uno de sus compañeros cuando casi les meten un gol. De nada sirve, porque empiezan a caerles un gol tras otro.

Se lo merecían y solo lo siento por Erik, que se toma en serio esto y es en el campo donde sí veo al cien por cien a mi amigo, poniendo toda su alma.

El partido acaba y pierden uno a cinco. El único gol del equipo local ha sido obra de Erik.

—Qué fracaso —dice Dalia.

—A mí me da igual, yo solo vengo para verlos sin camiseta. —Fara se levanta con Aída cuando empiezan a quitarse las camisetas y grita como una loca.

Me fijo en que algunas animadoras se lanzan encima de los jugadores y les tocan los pectorales con descaro.

A Erik no se le acerca nadie. Entre el cabreo que tiene y su habitual cara de perdonavidas, ahora mismo todos prefieren evitarlo.

Nos vamos hacia el *pub*, donde seguramente luego irán muchos del equipo, aunque no sé a celebrar qué; les acaban de meter cinco goles y ha sido por su culpa.

Entramos en el *pub* y nos pedimos algo para beber. Cada uno paga una ronda. A mí me toca la última y esta vez no pido nada para mí. Me gusta ir con el puntito, pero no estar borracha y no saber ni lo que hago.

Dalia tira de mí hacia la pista y bailamos disfrutando de las canciones sin hacer mucho caso a los moscones que se nos acercan.

—Dime que no has visto nuestra derrota —me dice Joel al oído pasando una mano por mi cintura.

—Te mentiría, y lo siento, pero me alegro. —Me vuelvo y le sonrío. Pone mala cara por mi comentario, aunque en seguida sonríe también.

—Supongo que lo merecemos, por ir de listos.

—Totalmente. Espero que el entrenador os diera una buena charla.

—No mucha, solo nos ha prohibido beber y salir de fiesta antes del partido o nos quedaremos sin jugar. Erik sí se ha cabreado; ha dicho que otra derrota así y se marcha. Y aunque algunos se alegrarían, la gran mayoría sabe que es él quien tira del equipo, y no el entrenador.

Joel mira hacia un punto de la sala y allí, solo, veo a Erik. Nos mira un segundo antes de darse la vuelta.

Me pregunto por qué lo hace, por qué está aquí solo sin dejar que nadie ocupe su espacio.

Joel tira de mí para bailar y me dejo llevar hasta que uno de sus compañeros se lo lleva para echar una partida de billar. Yo prefiero quedarme en la pista de baile.

De repente, sin saber cómo, me veo metida en medio de una pelea. Uno de los del equipo de fútbol y otro del de baloncesto. Casi me dan, pero alguien me atrae a su pecho, evitando el golpe.

Mi corazón late con fuerza y no es por el miedo, es porque es él. Es Erik. Y no sé si alegrarme o no de que mi cuerpo recuerde tan bien su contacto.

Capítulo 7

SUMMER

—Vamos.

Tira de mí fuera de la pista; se han sumado a la pelea varios compañeros de ambos y va a ser difícil separarlos.

Erik me coge de la mano y nos dirigimos hacia una puerta trasera. Salimos y una fina capa de lluvia nos recibe. A ninguno parece importarnos. Nos alejamos del local sin decir nada. Mi chaqueta estaba junto a la de Dalia, pero por suerte llevo el bolso colgado y en él están mi móvil y las llaves de casa.

La lluvia empieza a caer con más fuerza y me detengo para sentir cómo las gotas acarician mis mejillas.

—No me puedo creer que te siga gustando la lluvia.

—Me encanta, y más si bailas bajo ella. —Le sonrío y lo miro con la cara mojada y el maquillaje seguramente corrido—. Dicen que en eso me parezco a mi tía Laia, que a ella le gustaba bailar bajo la lluvia.

—Tu tía Laia es muy fuerte.

—Lo es, sí. Construyó una familia olvidando las razones que tenía para sentir miedo.

Mi tía Laia casi fue violada por su novio cuando era joven y esto le hizo entrar en un estado de pánico y depresión que, si no fuera por su familia y por el que es ahora su marido, Adair, no hubiera superado.

En mi familia nunca se ha ocultado esa historia. Mi padre dice que es parte de la vida de su hermana y que al recordarla no solo ven lo mal que lo pasaron por no poder llegar hasta ella, sino también la fuerza que demostró para salir y cómo poco a poco su bonita sonrisa se pintó de nuevo en su cara.

La verdad es que tiene que ser horrible que te pase algo así.

—No sé qué atractivo le ves a mojarte.

—Eso es porque tú no sabes apreciar las cosas buenas de la vida. Siempre andas con esa cara de perdonavidas. —Alzo la mano y le acaricio la mejilla antes de pintarle con mis dedos una sonrisa. Él también está empapado—. Ves, así estás mucho más guapo.

—Pierdes tu tiempo conmigo, Sum, y más tras lo que te hice...; no sé qué te hace seguir hablándome.

—¿Quieres la verdad, Erik? —Asiente—. Al principio te odié. Aunque tras tu accidente estuve cerca, no te soportaba. Te fuiste y empecé a verlo todo desde otro prisma, al advertir la mirada de dolor que tenías ese día. Siento que algo te hizo ser así.

—Nada me hizo ser así salvo mis decisiones.

—Eso es cierto, tú decidiste ponerte a beber y a drogarte como si no hubiera un mañana. Pero ¿solo porque te juntaste con mala gente? No lo creo.

—Acepta que nuestra amistad pasó...

—¿Y por qué tiene que ser así? Ya no somos esos críos. Somos adultos y yo ya no siento nada por ti. —La mirada de Erik se oscurece—. Pero sí echo de menos a mi amigo.

—Esto no puede salir bien —dice empezando a andar hacia donde están nuestras casas.

Lo sigo, poniéndome a su altura.

—¿Por qué?

—¿De verdad me has perdonado? —Asiento.

—Era la única forma de seguir adelante, de poder...

—... estar con otros —acaba por mí la frase y asiento—. Por lo que sé no tienes novio, así que muy bien tampoco elegiste después de mí.

—Salí con un par de chicos, pero no eran lo que yo esperaba y los dejé.

—A Joel le gustas, se le nota, y no es mal tío, aunque tiene unos amigos que dan pena.

—Y que juegan fatal al fútbol estando borrachos. ¿Sigues enfadado por la derrota? —le pregunto.

—No me enfada perder, estoy preparado para ello. Me jode hacerlo sin haber luchado al cien por cien. Hemos regalado el partido porque no se han tomado en serio al rival.

—Eso es cierto.

La lluvia se hace más intensa y casi me caigo, pero no lo hago porque Erik me sujeta tras decir una palabrota. Coge mi mano y hacemos corriendo el trayecto que queda.

Me encanta sentir de nuevo nuestras manos entrelazadas y me molesta que me guste tanto. Que su contacto siga haciendo estragos en mi piel y que, al mirarlo a la cara, no pueda dejar de admirar cada ángulo de esta.

Llegamos a la urbanización y nos metemos en una

zona cubierta, por la que vamos andando hacia mi portal. Erik suelta mi mano y me cuesta mucho no caer en la tentación de buscar de nuevo la suya.

—No ha sido tan difícil —le digo ya en la puerta de mi portal.

—¿El qué?

—Hablar como antes.

—Nada será como antes, Sum.

—Ni yo quiero que lo sea, pero quiero saber cómo eres ahora, Erik, con todas y cada una de tus taras. No quiero de ti una versión perfecta que oculte todo lo que te ha hecho ser quien eres ahora.

—Sigues siendo una fantasiosa, por eso te gusta actuar.

—Y aparte porque puedo empatizar con cientos de personajes. Es superemocionante dejar de ser tú misma por unos instantes y ser otra persona que siente y padece como ella.

—No funcionaría.

—¿El qué?

—Lo nuestro, como amigos.

—Eso nunca lo sabrás si no lo intentas. Además, no tienes una cola enorme de amigos.

—Yo no me he alejado de la gente, Sum. La gente da por hecho que no quiero saber nada de ellos.

—Es que parece que no los necesites.

—Es que no los necesito para ser feliz. —Algo en su forma de decir eso me hace mirarlo a los ojos.

—¿Por qué siento que lo dices porque nada ni nadie puede hacerte feliz? —Aparta la mirada.

—No veas cosas donde no las hay. Me marcho. ¿Llevas llaves? —Asiento—. Nos vemos.

Empieza a alejarse con paso tranquilo. Sé que debería callarme, pero algo en su triste mirada me hace hablar.

—Erik —se detiene y se vuelve para mirarme—, yo siempre he estado aquí, aunque tú no me buscaras. Y lo sigo estando.

—Eres masoca, entonces.

—Lo soy, pero también te digo que no voy a ir detrás de ti. El próximo paso lo tienes que dar tú.

—¿Y qué te hace pensar que quiero hacerlo?

—Nada, solo lo espero.

Se marcha sin decir nada y lo que escuché de su madre alguna vez cobra más sentido en mi mente. A Erik le pasó algo que le hizo meterse en toda esa mierda. Yo no lo creía. El problema es que, cuanto más hablamos, más veo en sus ojos la tristeza que lo asfixia y en sus actos ese deseo de intentar volver a ser quien fue.

Y si hay algo que le hizo ser así, quiero descubrirlo.

Erik

Llego a mi casa con la ropa empapada. No dejo de ver a Summer bajo la lluvia, riendo feliz. Sus ojos relucían con una vida que yo hace años perdí.

No sé qué me hace seguirla. Algo tira de mí para saber de ella. Ojalá no hubiera acabado estudiando en esta universidad. Todo era más fácil cuando no veía en sus ojos la esperanza de que todo pudiera volver a ser como antes.

Nada será nunca como antes.

Me doy una ducha caliente y me pongo algo cómodo para dormir. Solo entonces abro el cajón de mi mesilla y veo las fotos que nos hicimos los dos en un fotomatón. Summer sonríe de pura felicidad, yo tengo los ojos vidriosos por toda la mierda que me había metido.

Me siento despreciable por haber estado con ella así de puesto... y por no recordar nada de nuestra única cita.

No recuerdo ni uno solo de nuestros besos. Todos se los di hasta arriba de pastillas. Me doy asco a mí mismo y más porque me encantaría recordar a qué saben sus rojos labios.

Mirar estas fotos me recuerda todo lo que perdí y lo idiota que era. Pensaba que yo lo controlaba todo. Que cuando quisiera podría dejar ese mundo. Que las drogas y el alcohol no me controlaban..., hasta que tuve el accidente, que casi me mató, y me di cuenta de la realidad. Y lo más triste es que en ese momento no sé si hubiera preferido que todo acabara.

Solo los gritos de dolor de mi madre y sus llantos me hicieron decir basta.

Le estaba haciendo daño, y por ella quise cambiar.

Pienso en lo que me dijo Summer de ser amigos. No creo que funcione; ella espera de mí que sea como era antes. Ese niño que se reía por todo y que era amigo de sus amigos..., ese estúpido que se fiaba de todo el mundo.

Ya no soy así, y no sé si quiero que esté cerca de esta nueva versión de mí mismo o una vez más la alejaré de mí, aunque me muera por un segundo más a su lado.

Capítulo 8

Summer

Entro en la cafetería donde trabaja Joel. Necesito un respiro de las clases. Esta semana he estado hasta arriba de trabajos. Lo bueno han sido los ensayos de teatro. Cada día me gustan más, y he superado varias fases para poder ser la protagonista de la obra.

Todos dicen que es por enchufe, como si mi padre hubiera pagado para que esto pasara. Mi padre nunca haría algo así. No quiero que me regale nada; demasiado duro es ya poder triunfar sin que la gente piense que si lo haces es solo por el apellido que tienes y no por quién eres.

Todos piensan que lo voy a tener más fácil, pero yo no lo veo así, porque siempre habrá gente que dirá que mi padre tiene más carisma. Que mi padre es mejor, y tendré que pasarme la vida dando el doble de mí en este mundillo para que un día no piensen que llego lejos solo por ser hija de quien soy.

Me siento en un taburete frente a la barra. Joel

está atendiendo a una joven y, en cuanto me ve, me saluda.

Tal vez no debería estar aquí, pienso al ver su amplia sonrisa. Yo solo busco un amigo, pero él, no lo sé.

—¿Tienes en mente algo o prefieres que te sorprenda?

—Sorpréndeme. Y espero que esté bueno.

—Eso seguro, lo hago yo.

Sonríe y se marcha a preparar lo mío y lo de otros clientes, que le piden cafés sin ni siquiera esperar a que les atienda. Esta cafetería tiene mucha gente. Por lo que sé, Debbie, la prometida de Neill, estuvo aquí trabajando un tiempo.

Yo también tenía en mente trabajar, pero ahora no sé de dónde podría sacar el tiempo. Admiro aún más a los estudiantes que lo hacen sin descuidar su carrera. En ese sentido sí que sé que tengo suerte, pues económicamente no lo necesito.

Joel me trae el café... o eso creo que es. Pues lleva hasta un dónut encima, con la pajita en el centro. Lleva chocolate por las paredes y almendritas caramelizadas pegadas al borde.

—Es una suerte que no me preocupen las calorías. —Se ríe.

—Están de moda. Espero que te guste.

—Seguro que sí. De aquí me voy derecha a hacer deporte.

Lo pruebo como puedo. Me lleno de chocolate los dedos al coger el vaso. Le pido un plato para poder separar el dónut y los bombones que he visto también dentro. Entiendo que esté de moda, pero no sé si me gusta. El dónut, cuando lo pruebo, está empapado y los bombones, también. Eso sí, queda muy chulo en las fotos y lo mando al grupo de familia y a Esme, y hago algo que no suelo hacer muy a menudo, lo subo a mi Instagram, participando de manera gratuita en este medio de publicidad.

Mientras me lo tomo, me entretengo leyendo los comentarios. Todos dicen que tiene que estar delicioso, pero yo no lo veo así. Se me ha hecho empalagoso y pesado. Y me pregunto si el que sea tan llamativo es para gustar o para ser fotografiado y llamar la atención.

—¿Te ha gustado? —me pregunta Joel cuando tiene un rato libre.

—¿La verdad?

—Siempre.

—Es muy empalagoso y el dónut me gusta más si no está empapado.

—Vaya..., otro día te preparo otra cosa.

—¡Claro! —Sonríe feliz por ese próximo día y, tras pagar mi empalagoso café, me marcho a casa.

Poco antes de llegar me empiezo a notar el estómago revuelto y me sube ardor. Entro en el piso y busco en el botiquín del cuarto de baño algo que me alivie. No encuentro nada y tampoco hay manzanillas ni nada digestivo que me ayude.

Frustrada y con algo de angustia, me siento en la cama a mirar el móvil. Veo un nuevo mensaje privado de Instagram de alguien que no conozco y que me pide solicitud de seguimiento; le doy a ver de quién se trata:

> ¿En serio eso está bueno? Seguro que ahora tienes un dolor increíble de estómago. Nunca te sentaron bien las mezclas de comida basura como a tu tía.

Me sorprende que Erik me escriba. No tiene ninguna foto en su muro y la de su perfil es una puesta de sol desde el patio de su casa.

Si te soy sincera, ahora mismo necesito con urgencia una manzanilla o un digestivo.

No me extraña, deberías tomártelo.

Me lo tomaría si hubiera en esta casa. Ni Dalia ha comprado ni a mí se me ha ocurrido pensar que todas estas cosas que mi madre siempre tiene en casa no se compran solas.

Tarda en escribir y pienso que ya se ha cansado de seguir esta charla que él mismo ha iniciado, hasta que me llega un nuevo mensaje:

Te preparo algo para ese dolor, te espero en mi casa.

No le digo «ok» ni nada. Ambos sabemos que iré.

Me pongo ropa cómoda y voy hacia su casa solo con las llaves y el móvil. Si he de ser sincera, estoy algo nerviosa por estar de nuevo a solas con Erik, aunque quiero creer que es por esta emoción de estar recuperando a un buen amigo.

Llego a su casa y llamo al timbre. Erik no tarda en abrirme y me cuesta no quedarme con la boca abierta ante la imagen que tengo ante mí. Lleva un pantalón de pijama ancho de color gris y una camiseta blanca de manga corta que se le pega al cuerpo, mostrando la musculatura que tiene. Nunca he visto un cuerpo masculino que me pareciera tan perfecto.

—Hace mucho calor en mi piso —dice como excusa por ir así.

—Me da igual cómo vayas, como si te hubiera dado por ir desnudo.

—Ya, claro.

Entro y cierra la puerta. Veo que, a diferencia del otro día, hoy su piso presenta un aspecto mucho más caótico. Hay libros medio abiertos por todos lados y se nota que está estudiando.

—No quiero molestar...

—Te encanta estar molestándome en mi casa. —Va hacia la cocina y regresa con una taza humeante—. Ten.

—Tú me has invitado, y pensaba que me darías los sobres de manzanilla y adiós.

—Si te quieres ir...

—No, ahora me quedo. Gracias por la manzanilla.

Me siento en su sofá. Erik lo hace en un sillón cercano. Ninguno de los dos dice nada hasta pasado un rato, mientras me tomo lo que me ha preparado.

—¿Estabas estudiando?

—Sí.

—Yo debería estar estudiando, esto es un no parar. Me gustaría volver a mis días de instituto.

Esboza una pequeña sonrisa que me deja petrificada.

—Bienvenida a la vida real.

—La verdad es que no es como lo imaginé todo.

—¿Y cómo lo imaginaste?

—Sabía que sería duro, pero no tanto. Fíjate que pensaba que podría trabajar y todo, y vivir esta experiencia trabajando. Ahora lo veo imposible.

—Es complicado, sí, te lo puedo asegurar.

—¿Por qué lo dices?

—¿De verdad piensas que mi padre, después de haber despilfarrado su dinero, iba a dejar que me fuera de rositas tras mi recuperación?

Pienso en Albert, su padre, con esa cara de perdonavidas que tiene. Aunque es un pedazo de pan, con solo una mirada puede hacerte temblar. No, no me lo imagino diciéndole que no pasa nada y no dándole una lección, la verdad.

—¿Qué te hizo?

—Fui a rehabilitación, eso no podía evitarlo. Estaba más metido en toda esa mierda de lo que pensaba.

—Por lo que dices, parece como si creyeras que podías salir cuando quisieras.

—Me creía el puto amo, Sum, claro que creía que podía salir cuando quisiera.

—Entonces eres más tonto de lo que pensaba. —Esboza una media sonrisa—. ¿Fue tu accidente lo que hizo que todo cambiara?

—En gran parte, sí.

—Fue muy grave. —Me recorre un escalofrío.

Cuando pienso en ese día siento que alguien se lleva el aire de mi pecho. Nunca he sentido tanto miedo como cuando pensé que podría pasarle algo a Erik.

—No recuerdo cómo llegué a coger el coche, y mucho menos el accidente. —Aparta la mirada—. Me aterraba que por mi imprudencia pudiera haber herido a alguien.

—Suerte que no pasó nada.

Miro su cicatriz en la mejilla. Todo quedó en un susto que cambió su vida.

—Tras la rehabilitación, mi padre me llevó a la casa donde él había vivido con mi madre cuando renunció al dinero que le correspondía por nacimiento, para no tener nada que ver con mi abuelo, que les había estado haciendo la vida imposible, y decidieron vivir de lo que conseguían por sus propios medios antes de que mi madre heredara un ducado con una cuantiosa suma de dinero. Me dejó sin nada y me dijo que, si quería volver a casa, tenía que demostrarle que me podía buscar la vida. Que desde ese momento no pensaba darme ni un duro.

—Seguro que lo cumplió.

—Sí. Por lo que sé, mi madre pensaba que estaba en otro lugar, para que no cayera en la tentación de venir a darme dinero. Los comienzos siempre son duros. Busqué trabajo y acabé fregando platos en una hamburguesería, y lo tenía que compaginar con estudiar y llevar la casa. Perdí mucho peso los primeros meses.

—Me lo puedo imaginar. Yo ahora, con tal de no cocinar, meto lo primero que pillo en el microondas. ¿Y qué pasó después?

—Seguí trabajando hasta acabar los estudios, y luego en la universidad igual. Mi padre sigue cumpliendo su palabra.

—Por eso estás en este ático y no en otro lugar más lujoso.

—No sé si a estas alturas preferiría otro sitio. Me gusta este —me confiesa.

—Es muy bonito. —Asiente—. ¿Y dónde trabajas?

—Ahora, para mi padre, me manda trabajo todos los días para su empresa.

—Y lo tienes que compaginar con los estudios.

—Es lo que hay. Toda acción tiene sus consecuencias.

—Y que lo digas. —Me termino la manzanilla con miedo de que todo esto acabe ahora. Ya nada me retiene aquí—. Me alegro de que decidieras seguir viviendo.

—No es lo mismo vivir que sentirse vivo, Sum. —Se levanta, parece tenso. Como si se arrepintiera de este momento de confidencias—. Tengo que seguir trabajando.

—Como quieras. —Voy hacia la puerta de su casa y me vuelvo para mirarlo—. Sigo aquí, Erik, y yo puedo enseñarte a vivir de verdad.

No dice nada, pero en sus ojos veo lo suficiente para seguir a su lado. Quiero saber qué oscurece sus ojos grises, porque siento que mi amigo, la persona que me enamoró, sigue ahí, luchando contra lo que sea que le pasó que no le deja seguir hacia delante.

Capítulo 9

Erik

Mi padre me ha hecho acudir a su despacho. Aparco el coche en mi plaza y subo a verlo. Ya le he escrito para decirle que estaba de camino, así que supongo que me estará esperando.

Llego a su planta y me fijo en el trasiego que hay de gente que va de un lado a otro. Mi padre, junto con dos amigos, tiene esta empresa que se encarga de exportar y transportar mercancías de un lado a otro del mundo. Cuanto mejor va la economía, mejor les van las cosas, porque más gente comercia con sus productos. Y ellos les garantizan que todo llegue a buen puerto y pasando por las mejores manos.

Muchas empresas que están empezando vienen a pedir consejos para poder expandirse fuera. Y ahí es donde entran en juego mi padre y sus socios. Les buscan clientes extranjeros y median entre ellos para poder llegar a un acuerdo.

Por lo que sé, antiguamente mis antepasados tenían

barcos de carga y cobraban una pasta enorme para que la gente pudiera usarlos para enviar cosas a otros países. En mi familia ha habido siempre muchos desgraciados aprovechados, entre ellos mi abuelo, que cuando yo peor estaba trató de separarme de mi familia.

Me llevan hacia un despacho y al entrar veo a mi hermana, cinco años menor que yo, al lado de mi madre. Son muy parecidas, ambas con el cabello pelirrojo, salvo en los ojos, ya que Alana tiene los ojos oscuros y mi madre, grises, como yo.

Mi hermana, al verme, se lanza hacia mí y me abraza con fuerza. Ella era pequeña cuando todo pasó, y aun así, un día me dijo que lo pasó muy mal, porque por las noches escuchaba a nuestra madre llorar y me odiaba por hacerle eso. Por suerte todo eso ya es pasado. El problema es que, al mirar a mis padres, no puedo evitar recordar lo mal que se lo hice pasar y me cuesta perdonarme a mí mismo.

—Hola, hijo. —Mi madre me da un cálido beso en la mejilla cuando mi hermana se aparta un poco—. ¿Qué tal las clases?

—Bien. —Mi madre sonríe; ya nada queda en su mirada de ese dolor tan profundo que le causé.

Están ellas dos solas en esa sala de reuniones. Las miro extrañado, pero por suerte la puerta se abre y aparece mi padre junto a Matt y Robert, el padre de Esme. Los tres socios.

—Hola, hijo, ¿todo bien? —Mi padre me tiende la mano. Asiento y se dirige hacia la mesa.

Mi padre no es de besos y abrazos, salvo con mi madre. La gente piensa que es frío, pero porque no lo conocen. No me ha dado un abrazo, pero he visto en sus ojos cómo se alegra de verme y de tenerme aquí.

Hace años mi madre nos dijo que había que aceptar a las personas como eran y no esperar de todos lo mismo, pues tal vez nos pasaríamos la vida esperando un imposible en vez de invertir ese tiempo en aprender a conocer a la persona que tenemos delante y saber ver en sus detalles que se puede decir «te quiero» de mil maneras diferentes.

Tenía miedo de que no entendiéramos a nuestro padre, que siempre estaba trabajando. Temía que no supiéramos verlo como ella. Pero eso no es así; mi hermana y yo sabemos cómo es cada uno y no esperamos más.

Mi padre nos informa de que una de las empresas está dando problemas. No va bien desde hace años y está arrastrando al resto de las subempresas a su cargo. No querían cerrarla por los trabajadores, pero están viendo que, si no lo hacen, eso arrastrará al resto de las empresas y el número de despidos será mayor.

Estamos aquí mi madre, mi hermana y yo porque mi padre fue el fundador de esto, el que más dinero puso, y por eso posee un uno por ciento de más y es el que tiene más poder. No lo ejerce nunca, salvo hace años, cuando nos metió a los tres en esta empresa, y se necesita nuestra firma para este tipo de asuntos.

Mi madre y mi hermana firman visiblemente afectadas y a mí me pasa lo mismo. No es fácil saber que estamos rubricando el cierre de una empresa.

Me voy de aquí hecho una mierda por todas esas familias que se van a ver afectadas. A algunos trabajadores los van a reubicar, sobre todo a los más mayores. Es triste, pero el grado de experiencia llega un momento en que no tiene validez alguna si no lo acompaña la edad.

La gente quiere personal joven y esto hace que muchas personas sumamente preparadas se vean en la calle porque nadie quiere contratarlas. Es duro.

Seguramente, de no haberme puesto mi padre a ganarme la vida y de no haberme pasado lo que me pasó, todo esto no me preocuparía tanto. Pero sé lo que es no tener nada más que mi orgullo para no implorar a mi padre un poco de dinero.

Me he rodeado de personas de todas las edades en mis trabajos y he empatizado con ellos. Aunque no habláramos mucho.

Para saber cómo es alguien no hace falta hablar sin sentido, solo observar los detalles.

Mi vida habría sido muy distinta si no me hubiera pasado todo aquello. Y aunque doy gracias por no ser un niño de papá que solo sabe vivir del dinero de su familia, no hay día en el que no añore lo que podría haber disfrutado en lugar de haber acabado haciendo lo que hice.

Llego a la universidad sin muchas ganas de estar solo en mi casa tras lo que hemos hecho. Por eso acabo entrando en el teatro, donde sé que están dando clase.

No soy el único que ha entrado para ver cómo van las representaciones. Puede acudir quien quiera. Y hay varias personas dispersas por los viejos asientos.

Me siento hacia la mitad y espero que empiecen las clases.

No puedo decir que no sepa qué hago aquí, pues sé que ahora mismo necesito estar al lado de la única persona que, sin saberlo, me da paz.

No puedo estar lejos de ella. No sé cómo hacerlo ahora. Era más fácil cuando ella evitaba los encuentros de nuestros padres y cuando estábamos lejos. Ahora se me acaban las excusas para no buscarla.

El profesor de teatro les pide una escena y sale un rubio que va de guapo seguido de Summer. Esta va leyendo el guion, con un vestido antiguo superpuesto encima de su ropa.

Lleva el pelo rubio recogido en una coleta y, como siempre, no va muy maquillada. No le hace falta.

La escena empieza y Summer deja caer el guion. Es una escena de amor y veo en los ojos de Summer toda la fuerza y la pasión que siempre pone en todo lo que hace.

De niña siempre era así. Al principio no éramos muy amigos. Me interesaba más la consola que las hijas de las amigas de mi madre.

Pero cuando yo tenía ocho años todo cambió. La vi sola entre las sábanas que habían tendido a secar los trabajadores de mi casa, jugando a que eran las cortinas de un gran teatro y ella la actriz más esperada.

Me quedé a verla sin delatar mi presencia. Summer solo tenía seis años, pero ya se le notaba que aquello la hacía feliz. Se reía mientras interpretaba su propia historia de amor y me costaba no reírme y llamar al resto de mis amigos para que hicieran lo mismo.

Cuando me vio, se puso roja y esperaba mis risas. Me acerqué a ella y le dije:

—No ha estado mal, será nuestro secreto.

Me sonrió, haciendo que se iluminara toda su cara, y fue como si la viera por primera vez. En ese instante comprendí que haría lo que fuera por volver a ver su sonrisa.

La escena que estoy viendo ahora va muy bien hasta que llega el momento «beso de pasión». Summer besa al chico, pero se tensa y su mirada no refleja esa fuerza.

—¡Lo dejamos aquí!

—¡No puede ser ella! —grita el capullo que acaba de besar a Summer—. ¿No ves que es una jodida virgen que no sabe expresar lo que es desear a un hombre?

—Será que tú le resultas repugnante y no puede fingir que te desea. —Me miran; no he podido evitar hablar.

—¡Y tú qué sabrás de teatro o de arte! No eres más que un futbolista —lo dice con desprecio. Sonrío y me levanto.

Summer no deja de mirarme.

—¿Y qué pasaría si te demostrara que sí sé de esto?

—Te besaría los pies —dice el capullo riéndose y haciendo que varios de los que hay aquí hagan lo mismo.

Subo al escenario y cojo el guion que ha dejado Summer en el suelo; ella no deja de mirarme asombrada. Lo repaso y me aprendo las frases de esta escena. Asiento y el director de la obra pide al que ahora sé que se llama Darío que se baje del escenario.

Nos quedamos Summer y yo solos.

—Estás loco —me dice con una sonrisa. Una de esas por las que sería capaz de todo, hasta de hacer el ridículo actuando.

—Como en los viejos tiempos —le digo antes de empezar; y es que hace años la ayudaba a aprenderse los guiones y tenía que actuar con ella.

Su sonrisa se amplía y empieza a hablar, dando pie a mi texto.

La cosa va bien; siempre hemos actuado bien juntos, aunque a mí esto no es que me encante. Me defiendo.

Cuando llega el momento del beso, no la dejo dudar y la beso.

Y sé que, aunque nunca lo reconozca, quiero este beso, por todos los que nos dimos y que por culpa de las drogas no recuerdo y que me encantaría no haber olvidado jamás.

Summer

Erik me besa como parte del guion. Cuesta recordarlo cuando mis labios responden a los suyos y me pierdo en él. En lo que me hace sentir.

Me trae recuerdos de cuando estuvimos juntos. De cómo yo lo besaba por amor y él por una apuesta.

Nos separamos. Erik me mira serio, yo triste.

Sus besos son el recuerdo de lo buen actor que es cuando quiere.

—¡Perfecto! —dice el director separándonos—. Te quiero en mi obra —le dice a Erik.

—¡Eso no puede ser! —estalla Darío—. ¡Yo iba a ser el protagonista!

—Serás el suplente. Te falta pasión —le dice a la cara.

—Yo no quiero formar parte de esta obra. Solo lo he hecho para que este me acabe besando los pies.

Darío se enfada más.

—Ni en tus mejores sueños.

—Eres muy bueno, tienes un talento especial. Y al lado de Summer la haces brillar con más fuerza... —insiste el director.

—No quiero hacerlo. A ella le gusta todo esto, a mí no.

—Es una lástima. Summer no está a la altura del papel.

—¿Tratas de chantajearme?

—No, podéis iros, tengo que seguir haciendo pruebas para ver quiénes serán los protagonistas. Ya no lo tengo tan claro.

Recojo mis cosas y me marcho sin mirar a Erik, que me sigue de cerca.

—Has hecho bien en negarte.

—Pareces enfadada.

—Es lo que tiene recordar. Eres muy buen actor, Erik, en el fondo te pega actuar en esa obra.

Me detiene y me da la vuelta para que lo mire. Alza mi cara y ve las lágrimas que trato de ocultar.

—No puedo borrar el pasado.

—Lo sé. Se me pasará, tengo que practicar más y no parecer una jodida virgen.

—¿Lo eres?

—¿Qué más te da? Tú no lo eres.

—Por desgracia, no. —Su mirada se oscurece—. No me siento feliz por mi pasado con unas y con otras. A la mitad ni siquiera las recuerdo.

—No puedo decirte que lo siento, todo eso fue culpa tuya.

—Lo sé.

—Como el que actuaras para mí y me engañaras.

El gesto de Erik se endurece y aparta la mirada un segundo antes de centrarla en mí.

—No voy a actuar, no es lo mío, pero sí puedo hacer algo por ti.

—¿El qué?

—Que actuemos juntos en mi piso. Puedo ayudarte a que saques todo lo que desde hace años yo he visto en ti.

—¿Me vas a enseñar cómo mostrar más pasión?

—Solo será una interpretación.

—Algo que se te da muy bien.

—Claro. ¿Qué me dices?

—Que lo pensaré. No te mereces una respuesta ahora.

Me marcho, pues necesito estar sola y para poder asimilar que, aunque una vez más solo era una actuación, no he dejado de sentir que para mí ese beso sí era real.

Capítulo 10

Summer

Tocan al timbre de casa de mis padres, donde estoy sola. Abro y Esme se lanza a mis brazos, tan exagerada como es ella.

—¡Cómo te he echado de menos! —Se separa y me mira con esos ojos verdes que tiene.

—¡Y yo a ti! ¡Casi no saco tiempo para escribirte! No quiero que pienses que paso de ti...

—Somos amigas de verdad, de las que saben que hay uniones que nada puede romper. Nosotras siempre estaremos ahí para la otra. —En este caso la abrazo yo a ella.

—No sé qué hacer de comer —le reconozco.

—Podemos comprar carne y hacer algo a la brasa.

—Sí, o pedir unas pizzas y así nadie cocina.

—Estoy de pizzas y de comida basura hasta... —me reconoce sentándose en uno de los sofás.

Llegamos anoche de nuestras respectivas universidades, pero tras tanto tiempo sin ver a nuestras familias, pasamos la velada con ellos. Hoy nuestros padres tenían una de sus famosas barbacoas y, como siempre solemos hacer, nos quedamos en mi casa aprovechando que estamos solas.

Esme saca el móvil y escribe a alguien. Al poco rato parece que le responden, porque sonríe.

—Mathew, junto con Ewan, se apuntan a hacerla ellos e ir a comprar.

—Qué morro tienes.

—A Mathew le gusta ir de que sabe hacerlo.

—Es que sabe hacerlo. Cocina mejor que nosotras dos juntas. —Esme se ríe.

—La verdad es que sí. Y, bueno, cuéntame qué tal la universidad, me dices poco y no sé si ya te has tirado a un atractivo universitario. —Me río por su forma de decirlo. Cómo la he extrañado.

—No se ha dado la ocasión.

—Ya se dará. Pero seguro que hay alguien.

—Bueno, hay un chico —le cuento, refiriéndome a Joel.

—¿Y está bueno?

—Es mono...

—Entonces pasando. Si te gustara me dirías que es el hombre más guapo de la Tierra y que te pone mucho. —Le lanzo un cojín y lo atrapa entre risas—. No te conformes con alguien que te atrae, ya sabes que no te ha salido bien otras veces.

—Erik y yo hemos vuelto a vernos. —Esme se queda callada.

—No va a salir bien. Ha cambiado, pero no para bien. Es un triste, y las personas así solo te arrastran a su mierda y acaban por apagarte.

—No creo que Erik sea un triste, hay que saber leer entre líneas.

—Summer, Erik te humilló, no lo olvides.

—No lo hago, no me quiero volver a enamorar de él, lo tengo claro, pero sí quiero que seamos amigos.

—No creo que sea bueno.

—No veo por qué no.

—Tú misma lo has dicho, no quieres volver a enamorarte. —Asiento—. Uno no se puede volver a enamorar de alguien a quien nunca ha dejado de amar.

—No me gusta ya.

—Ya, claro, ¿y si te preguntara cómo es Erik? Seguro que no me dirías «es mono», me dirías que te enciende la piel.

Me sonrojo al recordar uno más de nuestros falsos besos.

—Solo lo quiero como amiga, te lo puedo asegurar.

—Eso espero, porque yo no he perdonado lo que te hizo.

—Eso es porque tú eres dura de roer para perdonar a alguien.

—Es lo que hay. Y ahora, vamos a preparar algo, que no se diga que no sabemos cocinar.

Preparamos una ensalada con casi todo lo que pillamos en la nevera de mis padres. De ligera no tiene nada, pero como lleva verde, parece que engorda menos.

Mathew llega con los demás y no solo han traído carne, sino también helados de la heladería de Elen, que es la mejor del pueblo. Ponemos la música más alta y preparamos todo para nuestra fiesta particular, sin padres hablando de sus temas aburridos, esos que solo a ellos les hacen gracia. Sobre todo cuando reviven cosas del pasado y se ponen entre alegres y nostálgicos.

Estamos a punto de empezar a comer cuando suena

el timbre de la puerta. Extrañada por quién pueda ser a estas horas, voy a abrir.

Abro tras comprobar de quién se trata.

—Mathew me dijo que íbamos a comer aquí, que podía pasarme.

—Debería haberte invitado yo —le digo con una sonrisa bailando en mi cara.

—¿Y me invitas a pasar?

—Solo si vienes a pasártelo bien y a no pensar en nada.

—Lo intentaré. —Abro la puerta del todo.

No me aparto. Nos quedamos uno frente al otro. Es más alto que yo y a su lado parezco más pequeña de lo que soy.

Sus ojos grises no dejan de mirarme. El pelo negro, como otras veces, lo lleva de manera descuidada sobre la frente. Va con ropa cómoda, unos vaqueros y una sudadera gris. Nada del otro mundo y, sin embargo, al mirarlo sé que ningún hombre me ha atraído tanto como él.

Esme tenía razón, nunca definiría a Erik como «mono», porque para mí él es la definición de hombre perfecto.

Erik

Se me hace raro estar comiendo con los que han sido mis amigos de toda la vida. Trato de ser el mismo que fui la última vez que nos juntamos antes de que todo cambiara. Han pasado seis años y me es imposible hacerlo. Ya no soy ese crío de catorce años.

Ni quiero serlo.

Summer se ríe por algo que le dice Esme, que con los años es más bruta si cabe. Dice lo primero que se le pasa por la cabeza, sin pensar, y eso a veces la ha metido en más de un lío. Veo que no ha cambiado.

Nora no deja de acariciar a Mathew bajo la mesa, como si los demás no nos diéramos cuenta, y solo hay que ver la cara de idiota enamorado que tiene mi amigo para darse cuenta de que, aunque ya llevan tres años juntos, lo suyo no deja de intensificarse.

Ewan y Roni tampoco pierden el tiempo y si no fuera por Esme y Summer esto sería un aburrimiento total.

Terminamos de comer y sacan algo de beber con el postre. Yo no tomo nada de alcohol, hace años que ni lo huelo.

Sé que no sería como antes, pero me trae recuerdos amargos.

—¡Vamos a jugar a algo así divertido! —dice Esme.

—¿Te apetece que te cuente mis intimidades con Nora?

—¡Mathew! —grita Nora. Este se ríe.

—¡No! Qué horror. Mejor lo dejamos aquí. Qué aburridos sois.

Por un segundo me parece que todo sigue igual. O me siento como si nada hubiera pasado. Y me gusta dejar de correr por un instante y tener un momento de paz.

Summer

Al final vemos una película en el salón. Me sorprende, y me gusta, que Erik se quede. No habla mucho, pero aquí sigue, y siento que es un paso importante para él.

Siempre he pensado que se alejó de sus amigos porque se avergonzaba de cómo los había tratado, aunque ya todo hubiera pasado. Parece que está empezando a perdonarse.

Se van de mi casa a eso de las ocho para cambiarse para la cena y luego salir de fiesta. Mi familia sigue en su fiesta particular y seguramente lleguen ya después de cenar.

Quedo con Esme para ir juntas a la heladería de Elen, donde hemos quedado para cenar, ya que hacen de todo. Al llegar vemos a Erik en la barra tomando un refresco y cómo la gente lo mira y lo señala. Me llegan sus comentarios conforme me acerco:

—Está muy bueno para ser un borracho suicida —dice una.

—Es un niño de papá que se gasta toda su fortuna en droga. Por eso han tenido que cerrar una empresa —comenta otra.

—¿En serio? Qué desgraciado, por su culpa cientos de familias a padecer.

Me cabreo y estoy a punto de contestar cuando Esme me tapa la boca.

—La gente no te va a escuchar, ellos prefieren montarse su película que conocer la verdad.

—Es injusto, Erik ya ha pagado por lo que hizo.

—Nosotros lo tenemos claro, pero ellos solo ven a alguien marcado, y sabemos por Roni que esto no se va a detener con facilidad. Roni, para muchos, siempre será la transexual y Erik el drogadicto. Así es esta sociedad, que te dice que cambies, pero no para de recordarte tus errores.

Asiento a Esme, ya que tiene razón. Me enfada todo esto, que la gente no sea capaz de vivir en paz y para ser felices necesiten ver destrozado al vecino.

Llego hasta Erik y le sonrío antes de pasar mi mano por su brazo. Si hablar no sirve de nada, al menos que la gente vea que, mientras ellos critican, Erik trata de seguir adelante y dejar sus errores atrás.

—No me importan, Sum —me dice sin apartarse. Me duele que lo haya escuchado—. Solo me dolería si fuera cierto.

—Mejor —le respondo.

Nuestros amigos no tardan en venir y subimos a la parte de arriba a cenar. Mathew y Ewan, con sus historias, hacen que acabemos todos riendo. Al final, como ha pasado otras veces, acaban hablando de fútbol con Erik. Le veo sonreír por un comentario de su amigo. Y eso me hace feliz.

—Me preocupas, Summer —me dice Esme ya en la pista de baile del *pub*.

—¿Por qué?

—Porque sigues loquita por Erik.

—No digas tonterías. Solo somos amigos.

Lo busco, está en la mesa donde hemos dejado nuestras cosas con Ewan y Mathew, que se han negado a bailar. Erik me devuelve la mirada como si sintiera que lo observo.

No quiero que me guste de nuevo. No sé si podría besarlo sin sentir que está actuando.

Le he perdonado, pero no he olvidado el dolor.

—Yo solo te pido que no olvides lo que te hizo. Y que, si lo perdonas y volvéis a estar juntos...

—Nunca fuimos nada, Esme. Él solo actuaba.

—Como sea, si un día estáis juntos, tienes que estar segura de ello. Erik arrastra mucha oscuridad.

—Yo solo veo a un hombre triste y solitario.

—Tu solo ves al hombre al que has amado toda la vida.

—No, ya no.

—Lo que tú digas. Y ahora, ¡vamos!, a mover ese culazo que tienes.

Aparto la mirada de Erik y me centro solo en el baile decidida a olvidar los sentimientos que están empezando a florecer de nuevo en mí.

Capítulo 11

Erik

Aparco el coche frente a la puerta de la casa de Summer. Me saqué el carné hace poco. Tenía una sanción por conducir sin él e ir tan puesto de todo. Tampoco recuerdo qué me llevó a coger el coche, y lo peor es que no sé si en verdad fue un accidente...

Salgo del coche y toco el timbre de la puerta. Me abre Dulce, que al verme me sonríe con calidez y me hace pasar.

—¿Vienes a por Summer?

—Vamos al mismo sitio y he pensado que podría ahorrarse ir en autobús.

—Pensaba llevarla —dice Ángel, su padre, desde la cocina—. No te lo tomes a mal, pero no me fío mucho de ti conduciendo...

—¡Papá! —le reprocha Summer bajando la maleta por la escalera—. Si veo que Erik lo hace mal, yo conduciré.

—Menos mal, me quedo más tranquilo, teniendo

en cuenta que no te has sacado el carné porque odias conducir.

Summer se ríe, va hacia su padre y lo abraza. Siempre han estado muy unidos y se nota por cómo se miran. Aparto la mirada; me recuerda que yo era así con mi madre y que llegó un momento en que dejé de desear sus abrazos y empecé a añorarlos en silencio.

—Déjalos, Erik sabe lo que hace —dice Dulce, que va a la cocina a por una bolsa térmica—. Ten, y recuerda venir más a menudo.

—Gracias, mamá.

Summer abraza a su madre. Su hermana también le da un abrazo y su hermano casi no despega la vista de la consola cuando ella le da un beso en la mejilla antes de irse.

Le cojo la bolsa y vamos hacia mi coche. Summer nunca lo ha visto y, por su mirada, no sé si le gusta o le extraña el modelo.

—Es sencillo y bonito.

—Ya te dije que mi padre no me da un duro más allá de pagarme por mi trabajo en la empresa.

—Me gusta. —Summer entra en mi coche de segunda mano, que aún sigo pagando.

Entro y lo pongo en marcha.

—¿No te da miedo? —La miro de reojo—. Mucha gente, tras un accidente, suele tener pánico a conducir de nuevo.

—No recuerdo nada de ese día.

—Ah..., mejor. Fue un día horrible.

Noto que la recorre un escalofrío. Mi madre me contó que Summer no se separó de mi puerta hasta que supo que no corría peligro. No lo merecía, ni tampoco que me perdone ahora. Por eso le cuento parte de la verdad.

—Te mentí —me quedo callado; ella espera—, no fue una apuesta. Me lo inventé cuando en un momento de lucidez me di cuenta de que te estaba arrastrando a mi mierda de mundo.

—¿No era una apuesta?

—No, pero tampoco era real. No recuerdo nada de nuestra cita. Al mirar las fotos que me diste no recordaba nada. Ni esas sonrisas que veía en ellas ni qué las produjo.

—Para ti es como si nunca hubiera existido un «nosotros».

—Exacto.

—Y tampoco sabes por qué quisiste empezar conmigo.

—Tampoco —miento, lo sé muy bien.

Lo hice porque la quería.

—Me relaja que no fuera una apuesta, pero no cambia nada. Tú inventaste todo eso para alejarme de ti..., me mentiste y has dejado que crea que te reíste de mí con tus amigos todos estos años.

—Sí.

—Te he perdonado, Erik, pero no puedo confiar en ti.

—Lo entiendo.

—No lo haces, no sabes lo que es mirarte y sentir que hay algo más que no me cuentas. Cuanto más tiempo paso contigo, más lo veo así. Tienes esa mirada tan triste...

—¿No crees que el saber que he jodido mi vida para siempre puede oscurecer mi mirada?

—Es posible.

—Soy lo que ves. No hay más.

—No te creo, y por eso no confío en ti, porque siento que me puedes mentir con mucha facilidad.

—¿Y por qué sigues aquí?

—¿A tu lado? —Asiento—. Porque deseo poder hacerlo algún día.

No digo nada. Una parte de mí ansía que ella consiga sacar toda la mierda que me asfixia, pero otra teme que, cuando sepa la verdad, la pierda para siempre por la vergüenza y el asco de lo que hice.

Summer

Llegamos a mi portal y le pido a Erik que me dé mi bolsa de comida. No hemos dicho nada más en todo el camino de vuelta.

—Bueno, ya nos veremos —le digo, y él asiente—. Gracias por traerme.

—De nada.

—Y que lo hayas hecho..., ¿es porque volvemos a ser amigos?

—Eso parece.

Sonrío y mi boca habla antes de que la razón pueda silenciarla.

—¿Puedo darte un abrazo? —Erik solo me mira, no dice ni hace nada. Me siento muy tonta—. Olvídalo. Ya nos veremos. —Me vuelvo para entrar en mi portal.

Estoy abriendo la puerta cuando lo siento detrás de mí. Sus brazos no tardan en envolverme por la espalda. Cierro los ojos de puro placer. Lo he echado terriblemente de menos y sé que estoy a un paso de reconocer lo que siento por él. Algo que no quiero, porque no debo hacerlo.

Se aleja, dejando que el frío me acaricie y me recuerde que él ya no está.

—Nos vemos —me dice en la distancia.

Lo veo alejarse con su mochila. Me vuelvo para abrir mi puerta y me fijo en que el cristal refleja mi rostro y que seguramente Erik haya sido testigo de cuánto he disfrutado con su contacto.

Ya no puedo cambiar el pasado... y él tampoco. Solo podemos aprender a vivir con el desenlace de nuestras acciones.

Capítulo 12

Summer

Empiezo a no saber en qué día vivo. Solo veo clases, estudios, trabajos..., en mi cabeza únicamente cabe pensar en todo lo que tengo que hacer y, cuando duermo, a veces sueño que sigo trabajando.

Ahora voy corriendo al teatro. Al menos aquí siento paz.

No se ha decidido aún quiénes serán los protagonistas. Esta semana lo dicen. Sigo estando entre las elegidas finales y esto no ha gustado a muchas de cursos superiores; la primera, Dalia. No me lo dice, pero entre las dos las cosas no van bien.

No coincidimos casi en el piso y no he salido con ella y sus amigas desde hace tiempo. Pero lo noto. Cuando nos vemos, en sus ojos veo resquemor. Me inquieta lo que pueda pasar si un día decide hablar y abre la caja de Pandora.

Quiero creer que estoy aquí porque valgo, no por quién es mi padre. Me duele que la gente me haga cuestionarme mi talento.

Entro en el teatro tras dejar mis cosas directamente entre bambalinas. El resto de los compañeros que luchan por los papeles protagonistas están ya en el escenario. El director, al verme, me hace acercarme. Esto solo aumenta los cuchicheos. Desde que me conoció está muy pendiente de mí.

—Summer, empieza.

—¿Por dónde?

—Donde quieras. Haz que me crea lo que dices. Como me pongas los pelos de punta, el papel es tuyo.

Los gritos y las quejas llegan desde las bambalinas. Hasta que el director les pide silencio. Miro al patio de butacas mientras pienso qué parte de la obra hacer. Mi mirada se cruza con la de Erik, que, como otras veces, asiste a los ensayos. No hemos vuelto a quedar desde esa tarde en la que dijimos que volvíamos a ser amigos. No sé mucho de él, salvo que de vez en cuando se acerca a verme aquí. Como cuando éramos niños.

Ya sé qué parte hacer; necesito representarla para sacar todo el dolor que llevo anclado en el pecho.

—Tú me hiciste creer que me querías —empiezo a decir sin dejar de mirar a Erik.

En la obra de teatro el protagonista solo está con la chica porque es la hija del alcalde, y así podrá tener acceso a una buena vida. Solo la seduce con este fin y, mientras la engaña y la besa sin amarla, se va enamorando de ella, hasta que esta se da cuenta de la verdad y lo repudia. Ahora él ha vuelto para pedirle perdón.

—La clase social no es tan importante como el tipo de hombre que eres con tus acciones. En eso has marcado la diferencia entre los dos.

Sigo declamando el texto de memoria. Me lo sé al dedillo.

—Te quiero —digo en alto. El silencio se ha hecho en la sala tras mi confesión; no puedo dejar de mirar a Erik y una parte de mí sabe que es cierto—. ¿Qué hago yo ahora con este sentimiento que me mata por dentro? ¿Eres consciente de lo difícil que es amar a quien odias? ¿Eres consciente de lo tonta que me sentí al descubrir la verdad? —Noto que las lágrimas se deslizan por mis mejillas—. ¿Te das cuenta de que tal vez no pueda perdonarte jamás y me pase toda la vida amándote en silencio? Es culpa tuya, todo esto es culpa tuya. Tú fuiste el que me engañaste. El que jugó con mis sentimientos sin importarle qué sucedería conmigo. —Me vengo arriba sabiendo que me estoy saliendo del guion—. Tú has hecho que no sea capaz de volver a amar. Que tenga miedo de un «te quiero», por si no es cierto. Que odie un beso, porque temo que sea todo mentira. Que un abrazo me sepa amargo y que no pueda creer que nadie sea capaz de enamorarse de verdad de mí... Y, sin embargo, te perdono, porque necesito encontrar la paz para volver a amar.

Noto nuevas lágrimas, el director mira el guion que tiene en sus manos y Erik no deja de mirarme. La gente se ríe, porque el final me lo he inventado.

—Summer, querida, te has inventado el final. Pero ha sido increíble, me has puesto los pelos de punta. Y ya sabes lo que eso significa...

—¡No puedes dárselo a ella! —grita Dalia, que también opta al papel principal—. Ella no se ha currado nada. ¡Si hasta lo ha hecho mal! ¡Todo esto es por quién es su padre! El resto nos tenemos que currar todo el doble para tener una puñetera oportunidad, y tú solo tienes que decir tu dichoso apellido para que te pongan hasta una alfombra roja. ¡No es justo! No sabes cuánto te odio. No tienes ni idea de lo que cuesta ganarse la vida. Ni de lo que es ver a tu madre llegar con las manos llenas de sangre de tanto trabajar. —Ya está, la caja de Pandora se ha abierto, y por sus ojos sé que nada será lo mismo—. No sabes lo que me está costando pagar esta universidad, y llegas tú, con tu cartera a rebosar de dinero y tu apellido de mierda, y todas las puertas se te abren. Detesto a todas las que son como tú.

Se marcha sin dejar que le diga nada. Me vuelvo hacia el director, sabiendo que todos piensan lo mismo.

—No quiero este papel si es por ser hija de quien soy.

—Erik —dice el director sorprendiéndonos a todos—, ¿qué sientes cuando la ves actuar?

—¿Y por qué tengo que responder yo a esa pregunta?

—Porque he visto cómo la miras, respóndeme.

—Summer lo vive, se mete en el papel hasta que lo hace suyo y no sabes dónde deja de existir la ficción y empieza ella.

—Exacto. Así es, niña, pero, aunque todos piensen lo contrario, no lo vas a tener más fácil. Te van a exigir más por ser hija de quien eres y la gente, en vez de verte y disfrutar, buscará todos tus defectos para destrozarte.

—Eso no me deja más tranquila.

—Cuando elegimos esta carrera, que nos hace estar expuestos al mundo, tenemos que aceptar eso, Summer. La gente piensa que por salir en la tele o ser famosillo no padeces, no te cuesta ganarte la vida y no sufres como los demás. Solo ven tu vida de luces y éxitos, no todo lo que se oculta tras ello, y por eso se creen con el poder de criticar hasta hacer daño. Lo sabrás por tu padre. Le llueven las críticas y, sin embargo, es el mejor.

—Lo es, sí, y sé que está expuesto a ser criticado. No me preocupa.

—Sí te preocupa —me dice—. Solo debes aprender a que eso no te detenga. A que una mala crítica no te destruya y a no dejar de trabajar para llegar a donde tú quieres, y no a donde te imponen. Y, dicho esto —se vuelve hacia Erik—, ven, muchacho.

—¿No puede dejarme en paz?

Erik se acerca. Nos hemos quedado solos en el teatro por el revuelo que ha causado la noticia. Hasta los que optan al papel del protagonista masculino se han ido indignados.

—No me digas «no puedo», no. Tienes el arte corriendo por las venas. Lo supe nada más verte. Eres como tu tío Jack. Te subes a un escenario y te transformas.

—Este no es mi mundo—dice Erik ya a mi lado—. Pero Summer sí se merece ser la mejor.

—Solo para mi deleite, respóndele a Summer, por favor. —Le tiende un guion y Erik lo coge con el entrecejo fruncido.

No se marcha, se queda, y que lo haga me hace «verlo» por primera vez. Siempre creí que se quedaba a mirar cómo actuaba, por mí. Que actuaba conmigo para ayudarme. Nunca supe ver más allá de mí misma; no me daba cuenta de que Erik no lo hacía solo por mí. A él le gustaba actuar.

Es increíble cómo puedes tener algo delante de las narices y no saber verlo.

Erik deja el guion y me mira con sus ojos grises. Veo cómo se transforma y cómo pasa a ser el protagonista de la obra. El dolor está en su mirada, pero esta vez lo usa para dar vida a su personaje. Empieza a recitar el texto y lo sigo. Como cuando éramos niños, cuando no era consciente de su talento.

—Habéis nacido los dos para actuar. Lástima que tú no lo veas, Erik.

—A mí no me gusta todo esto.

—¿Y por qué vienes al teatro?

—Para verla a ella.

—¿Seguro, Erik? Yo creo que lo haces porque en este lugar te sientes en paz. El papel es tuyo, si lo quieres. Juntos sois únicos.

—Usted es masoquista, quiere que se le vayan todos los alumnos —le dice Erik.

—Yo soy un amante del arte. Y me gusta buscar el talento en las personas. Además, la obra es de la universidad, puede participar en mis clases cualquiera que esté matriculado en este centro.

—No tengo tiempo.

—Siempre hay tiempo para el arte. Te dejo una semana para que lo pienses.

Se marcha y nos deja solos.

—Tiene razón —le digo—, te gusta actuar. Lo he visto en tus ojos, Erik. No sé cómo no me di cuenta antes...

—No me gusta.

—No quieres que te guste, por eso lo ocultas. Por eso eres lo que se espera de ti, estudias ADE y juegas al fútbol, porque eres muy bueno. Pero no es lo que te llena.

—No sabes nada, Summer.

—Solo sé que siempre hicimos buena pareja escénica juntos. Y me gustaría que actuaras para mí una vez más antes de que sigas llevando la vida que crees que debes llevar.

No dice nada, solo empieza a caminar y se vuelve para mirarme.

—¿No vienes?

—¿Adónde?

—A por tus cosas, me apuesto lo que quieras a que Dalia las ha dejado en la puerta de la que era tu casa.

—No creo que sea capaz. Le he pagado el alquiler...

—Qué inocente eres —me dice con una media sonrisa.

Él tiene razón, y al llegar a mi piso mis cosas están en la puerta y hay un sobre con el dinero del alquiler que le pagué. Dejo las llaves en el buzón y miro a Erik sin saber adónde ir. Que él me deje tirada y empiece a caminar hacia su casa me cabrea.

—¡¿No tengo adónde ir y tú me dejas sola?!

—¿De verdad piensas que te voy a dejar tirada en la calle?

—Sí.

—Me lo merezco. Pero no, no era mi idea. Vamos a mi casa.

Me pongo a su lado.

—Solo tienes un cuarto.

—Y un sofá cama, donde duermo mejor que en mi cama. Te cedo mi cuarto.

—No va a salir bien —le digo sin dejar de seguirlo.

—Seguramente no.

—Si mis padres se enteran, les da algo.

—No se lo digas.

—Solo hasta que encuentre otra cosa.

—Hasta cuando quieras.

—Dime que sabes cocinar. —Se ríe por primera vez.

—Sé cocinar.

—Creo que te va a costar echarme.

—Tal vez no quiera que te vayas.

Me lo dice ya en la puerta de su casa. Nos miramos

a los ojos... y no le creo. Aparto la mirada. Sé mejor que nadie que actuar en un teatro es una cosa y hacerlo en tu vida otra muy distinta. El problema es que Erik ha demostrado que lo hace muy bien en la vida real para conseguir lo que quiere.

Entramos en su piso, mi nuevo hogar. Y no sé si hago bien, si es buena idea, si esta emoción por verlo todos los días y convivir a su lado no va a hacerme olvidar el miedo que tengo por si me falla de nuevo.

Capítulo 13

Erik

Escucho a Summer irse a dormir y me pregunto qué estoy haciendo. Por qué no puedo dejar de arrastrarla a mi mundo. Por qué me cuesta tanto alejarme de ella...

Lo hago porque soy incapaz de reconocer que estoy enamorado de ella.

Recuerdo su interpretación, cuando dejó de actuar y me dijo lo que sentía. Sé que le hice daño, sé que la herí, y también que, si no le cuento la verdad, lo haré otra vez.

Solo se puede avanzar cuando nada te mantiene anclado. El problema es que yo no soy capaz de olvidar, y por hacerlo casi me destruí la otra vez, y a ella conmigo.

Yo tampoco confío en mí mismo. Es bueno que ella no olvide de lo que soy capaz.

Espero a Jack, que me ha llamado para que nos veamos en un parque cerca de la universidad. Estaba por aquí y mi prima quería verme.

—¡Primo Erik! —Sofía se tira a mis brazos y se ríe feliz por estar a mi lado.

Jack sigue a su hija de tres años. Es hermano de mi padre solo por parte de mi desgraciado abuelo. Tuvo varios hijos fuera del matrimonio, dos de ellos son Jack y su hermano Aiden. Cuando mi padre se enteró de su existencia los acogió como hermanos y desde entonces son una piña.

Dicen que me parezco más a Jack que a mi padre, salvo por los ojos, ya que los de Jack son azules, y no grises.

No he podido dejar de pensar en las palabras del profesor de teatro y en lo que siento cuando actúo. Y me pregunto si seré más parecido a Jack de lo que se ve a simple vista.

—¿Te gusta mi vestido nuevo? —Sofía da vueltas haciendo que su vestido de tul rosa se mueva como si fuera una princesita.

—Estás preciosa. —Lo está.

Tengo más primitos a los que adoro, pero por Sofía siento algo especial desde que nació y me miró con sus grandes ojos grises, ahora azules, como los de su padre. Tiene el pelo rubio como el de su madre y se parece mucho a ella. Me pregunto cómo llevará la llegada de su hermanito dentro de tres meses.

—¿Sabes que mi padre va a sacar un nuevo disco? —Miro a Jack, que se ha sentado a mi lado en el banco donde tengo a la pequeña sentada sobre mis rodillas.

—¿Tú solo?

—Mi mujer se ha empeñado en que, mientras ella

esté de parón cuidando al pequeño, yo siga con mi carrera, y a cabezota no le gana nadie.

Jack y Eimy, aparte de matrimonio, son pareja musical desde hace muchos años.

—Eimy sabe que cantar te da la vida.

—Me la da mi familia, ellos son mi mejor obra.

—No lo dudo. —Sofía me abraza.

Es la única persona que me ha abrazado desde que pasó todo. A la única que le he dejado acercarse. Con ella no temo romperme en pedacitos. Algo que sé que haré tras un abrazo verdadero con Summer. Estuve a punto de romperme el otro día, cuando la abracé por la espalda. Por eso me fui.

Solo por eso me estoy planteando actuar, para poder hacer lo que deseo siendo otra persona.

Sofía se baja de mis piernas y se va a jugar a los columpios. Jack no deja de mirarla.

—¿Cómo supiste qué era lo que querías ser en la vida?

—¿Y esa pregunta tan seria? ¿Tienes fiebre? —Me toca la frente.

—¡Eh, déjame, idiota! —Se ríe.

—Un respeto, que soy tu tío.

—Ya, para mi desgracia. —Con él bromeo como con nadie.

Jack no espera que le cuente por qué hice todo. No me asfixia con su mirada de «necesito saberlo ya». Esa que tiene mi madre desde hace años. Tal vez porque Jack solo me saca doce años y no me trata como a un niño pequeño.

—Lo supe de siempre. Es ponerme a cantar y siento paz. Es para mí como el respirar. Si no lo hago, me asfixio. ¿Por qué me lo preguntas?

—Me han ofrecido hacer una obra de teatro.

—Yo que tú lo haría.

—¿No te extraña?

—No, te he visto actuar con Summer desde niño. Soy algo cotilla, y os veía juntos cuando creíais que nadie miraba. Eres muy bueno.

—Y nunca has mencionado nada de esto.

—No menciono muchas cosas, y no porque no me preocupen o porque no quiera saberlas, lo hago porque sé que para todo necesitas tiempo. Erik, no puedo obligarte a que me cuentes lo que te pasa. Ni lo que hizo que hicieras todo eso. Solo puedo esperar.

—Vamos, que eres como el resto.

—No lo soy, yo soy el mejor de todos, el tío guay.

—No te creas, tu hermano Aiden también es genial...

—Es un soso —bromea—. En serio, Erik, déjate llevar... No, olvida que he dicho eso. Haz lo que quieras..., ¡joder!, con tu pasado todo es peligroso... —bromea, y eso me relaja—. Vive tu vida y haz lo que te apetezca, sin incluir nada autodestructivo o dañino.

—Lo tendré en cuenta.

Seguimos hablando de todo un poco hasta que Sofía tira de su padre para que la columpie. Jack sonríe feliz y mira con amor a su hija. Al verlos juntos, una vez más pienso en mis padres y en todo lo que les he hecho pasar. El problema es que no sé cómo volver al punto en el que nos perdimos. No sé cómo dejar de sentirme tan roto.

Capítulo 14

Summer

Estoy en el escenario junto a los demás actores a los que les han dado un papel, entre ellos Dalia, que hace de mi hermana. Me va a costar olvidar lo que me dijo y que me echara de su casa mientras actúo.

Llevo una semana viviendo en casa de Erik, cosa que nadie sabe. Erik no pasa mucho tiempo en casa. Entre los entrenamientos, las clases y el trabajo, llega cuando yo ya estoy en mi cuarto viendo la tele y, aunque me muero por salir y verlo, no lo hago por eso mismo.

Solo somos amigos que comparten piso, nada más.

Esta noche hay una fiesta en la fraternidad del equipo de fútbol y, tras mucho insistirme, Joel ha conseguido que acepte ir. Al menos él no piensa que me hayan regalado el papel y es mi único amigo en la universidad, aparte de Erik.

Necesito desconectar, por eso he aceptado.

Solo falta dar el papel al protagonista masculino y

hoy se acaba el plazo que le dio el profesor a Erik. No sé si aceptará, y que lo haga me inquieta. No sé cómo voy a poder fingir que solo lo beso porque lo dice el guion y no porque me muera por volver a sentir sus traicioneros labios.

—El papel será mío —me dice un compañero de tercero que se relame, literalmente.

Es asqueroso, actúa bien, es cierto, pero no lo tocaría ni con un palo. Tiene boceras siempre, algo que me da arcadas, y si le dieran el papel tendría que mirarlo como si lo quisiera y besarlo como si lo deseara.

Es lo que peor llevo de todo esto, tener que olvidarme tanto de mí que llegue a besar a un sapo asqueroso solo por exigencias del guion.

La gente solo ve el glamur de esta profesión. Se olvidan de la vida tras los focos.

El director pide silencio y mira su libreta como si no supiera aún quién va a ser el elegido. Hoy empezamos la primera toma de contacto y, tras anunciarlo, empezaremos a actuar cada uno en su papel.

«Espero no tener que besar a Don Boceras», pienso cuando el director lo mira. Abre la boca y, como ya esperábamos todos, le da el papel. Me da un beso baboso en la mejilla que me cuesta no limpiarme.

—Veo que llego tarde. —Descubro a Erik entre todos los actores que se preparan—. Me diste una semana y quedan diez minutos para que se cumpla. —Erik mira retador al profesor, con una fuerza que no le he visto en años.

Por primera vez no siento que se deje llevar.

—Es cierto. —El director sonríe feliz—. Lo siento, Antón, tú serás el mejor amigo del protagonista. Erik hará ese papel.

—¿Qué pasa, que esta obra va de auténticos niños de papá? ¿Te han pagado sus padres para que les des el papel?

—Ojalá, así no vendría a trabajar en esa mierda de coche que tengo. Y ahora, si no tienes más que decir, empieza a prepararte para la obra. Y acostúmbrate a esto. Puedes estudiar la carrera, prepararte como el que más y que luego en un *casting* le den el papel a alguien que pasaba por ahí, porque con el arte se nace. No lo olvides.

Miro a Erik, que coge su guion. Me acerco a él.

—Me has librado de besar a un sapo. —Sonríe, cosa que últimamente hace más a menudo.

—Espero que me lo compenses cenando en casa esta noche conmigo.

—No puedo, he quedado con Joel para ir a su fraternidad. ¿Otro día?

—Claro. Sé dónde vives. —Sonrío feliz por que no le moleste y le doy un pequeño abrazo.

—Este es de verdad, el resto serán parte del guion —le digo contenta de interpretar una vez más a su lado. Es como si, por un momento, volviéramos a ser esos inocentes niños que jugaban sin saber lo que la vida les tenía preparado y cómo esta silenciaría nuestras cómplices sonrisas.

Por un segundo, mientras empezamos la obra, siento que otra vez tenemos el futuro en nuestras manos y nada nos separa.

Me preparo para ir a la fiesta. Voy a abrir la puerta justo cuando Erik regresa del trabajo. Por lo que sé, suele ir a un despacho no muy alejado de la universidad a trabajar para su padre. A veces se trae el trabajo a casa.

—¿Te vas ya? —me pregunta recorriendo con su plateada mirada mi atuendo.

Llevo un vestido ajustado de color azul marino de media manga.

—Sí.

—¿Te acerco?

—No hace falta. ¿Vas a ir?

—No, no me gustan ese tipo de fiestas. —Asiento.

—Nos vemos mañana.

—Claro —Erik se pasa la mano por el pelo, parece ¿tímido? Lo dudo—. Pásalo bien.

Asiento, sintiendo que ha querido decirme algo más.

La fraternidad de fútbol no queda muy cerca, pero aun así voy andando. No soy la única universitaria que está por la zona, hay *pubs* y restaurantes llenos de alumnos. Esta parte de la ciudad está destinada sobre todo a estudiantes.

Me sorprende la cantidad de gente que hay y me abruma tanto todo lo que veo que me arrepiento un poco de haber venido sola.

Entro en la casa. Está llena de gente y casi todos llevan en la mano un vaso azul claro de plástico. Veo a varios del equipo de fútbol; mañana tienen partido y, por lo que parece, una vez más les da igual jugar borrachos o resacosos.

Veo a Joel al fondo hablando con Dalia. Mi primer impulso es quedarme donde estoy y que él venga a mí, pero tras pensarlo sueno patética y me acerco. No he hecho nada malo y si me escondo les haré creer que sí.

Dalia me mira con mala cara y se aleja con sus amigas. Joel se vuelve y me da dos besos y un pequeño abrazo al verme.

—Ven, te diré dónde puedes dejar el abrigo y tomar algo.

Lo sigo a un pequeño cuarto. Está lleno de abrigos. Dudo que la gente luego encuentre el suyo. Seguro que acaban llevándose el primero que pillan.

—Prefiero llevarlo en la mano, llevo el móvil y las llaves en el bolsillo.

—Como quieras. Ven, tomemos algo.

Lo sigo a la cocina observándolo todo. Cuanto más descubro de esta fiesta, más se agrandan mis ojos. Sobre todo cuando llego a la cocina y veo a un grupo de chicos y chicas jugando a adivinar el alimento, probando con los ojos cerrados los labios del que lleva la comida. Asqueroso.

Joel me pone algo de beber y se queda mirando el juego. Le parece divertido y eso me desconcierta; creía que a él no le gustaban todas estas chorradas.

—¿Quieres jugar?

—Eh..., no. No me gusta regalar mis besos.

—Es raro que digas eso cuando estudias Arte Dramático y te besas con unos y con otros por exigencias del guion.

—No es lo mismo, es por trabajo. Fuera, en mi vida privada, tengo derecho a decidir qué hacer.

—Sigo sin entender qué diferencia hay. Tú te lo pasas bien actuando y ellos dándose el lote con desconocidos.

—Es que yo no lo estoy juzgando, solo he dicho que no jugaría.

—Lo has dicho con cara de asco.

—¿Se puede saber qué te pasa?

—¿Estás viviendo con Erik?

—No tenía adónde ir, y al menos a él no le importa quién sea mi padre.

—Dalia tiene razón, has estado jugando conmigo.

—¿Cómo que he estado jugando contigo?

—Vamos, Summer, no te hagas la tonta. Sabes que me gustas. Solo querías divertirte.

—Solo quería ser tu amiga. ¿Acaso he hecho algo para incitarte a pensar que me gustas?

—Por supuesto que sí. Has venido a verme al trabajo muchas veces...

—Los amigos se ven...

—No eres más que una pija mimada y caprichosa a la que le gusta jugar con los sentimientos de los demás.

—Y tú un idiota por no darte cuenta de que entre hombres y mujeres también puede existir solo una amistad.

Me marcho de aquí, triste, por el hecho de que la gente sea tan cuadriculada. Tengo amigos y amigas desde niña y nunca he visto la diferencia. Cuando mi madre se quedó embarazada de mi hermano, la gente decía que teniendo dos hermanas se iba a aburrir. Que hubiera sido mejor una niña, para jugar juntas. Mi madre, a una de las que se lo dijo, le soltó que sus hijas podían jugar con su hermano sin importarles el sexo, porque no existen reglas que prohíban a una niña jugar al fútbol o a un niño, a las muñecas.

Vivimos rodeados de clichés que nos hacen perdernos la mitad de las cosas buenas por el qué dirán.

Yo solo veía a Joel como un amigo, fui amable porque soy así, y sin yo saberlo todos estaban confundiendo mi forma de ser.

Enfadada, me voy andando a casa sin que me importe hacerlo sola, y mucho menos sin pensar si puede o no ser peligroso.

Pues como todo es tan «evidente», igual ahora me sale un hombre y por ir con escote da por hecho que lo estoy incitando a que me babosee encima...

Capítulo 15

Erik

Escucho la llave entrar en la cerradura y al poco se abre la puerta. Miro el reloj y solo ha pasado una hora y media desde que Summer se fue. No es normal que haya llegado tan pronto, así que me levanto del sofá y me acerco hacia ella.

Entra enfadada y me da los zapatos. No me mira a los ojos, está que echa humo por las orejas y, cuando Summer se enfada, es mejor darle espacio.

—¡Dios! ¿Cómo puede ser la gente tan tonta?

—¿Qué ha pasado?

Se tira en el sofá, donde estaba yo estudiando, y me mira con los ojos verdes encendidos. Me relata lo sucedido.

—¿Acaso no puedo tener amigos sin querer sexo con ellos?

—Es raro.

—Tú y yo somos amigos.

—Nos conocemos desde niños, no es lo mismo.

—No debería importar. Joel me parecía majo, no lo vi venir. Nunca veo las cosas. Todo me estalla en la cara.

Sé que también lo dice por mí.

—No es lo mismo besarse porque interpretas un papel que hacerlo fuera del teatro. Yo en mi vida privada decido qué quiero —continúa pensando en voz alta.

—Lo sé, a mí no tienes que convencerme.

—No me imaginaba así la universidad.

—¿Así cómo?

—Con tanto tonto suelto. Es cierto que en las clases estoy más tranquila. La gente solo va a estudiar. Pero cuando tratas de quedar o de hacer vida social, siempre existen personas que quieren hacerte la vida imposible.

—Eso pasará toda la vida. Quien es idiota a los veinte lo es también a los treinta. Dudo mucho que la gente cambie.

—Yo prefiero pensar que sí.

—Tú sigues queriendo ver lo bueno de la gente.

—Lo bueno que hay en ti —admite—. Me da igual que no seas como hace años, cuanto más te conozco, más me gustas..., como amigo, claro, a ver si te vas a creer...

Me río bastante y me mira alucinada.

—No me he olvidado de sonreír, solo que me cuesta recordar cómo se hace.

—Me encanta tu risa adulta. Es ronca y sensual.

—¿Cómo hemos acabado hablando de esto?

—Cosas que pasan. —Alza la mano y acaricia mi mejilla. Luego pasa sus dedos por mis labios. Me recorre un escalofrío que desconozco si lo nota o no—. Me alegra estar así contigo. Y el resto, que piense lo que quiera.

—Yo no sé si alegrarme..., has invadido mi piso —bromeo, y, por su sonrisa, lo pilla.

—Míralo por el lado bueno, ahora compartimos gastos y puedes tunear tu viejo coche.

—Mi coche es perfecto, es un clásico.

—Eso demuestra lo mucho que sé de coches... Me voy a la cama. —Se levanta y coge los zapatos que dejé en el suelo—. Buenas noches, Erik.

—Buenas noches, Sum.

Se marcha y me quedo mirando el lugar donde ha estado. Aún no he decidido si esto de vivir juntos es buena idea o no, solo sé que, por primera vez en mucho tiempo, a su lado siento la paz que sabía que ella me daría.

La que me hizo querer estar junto a ella hace años. Necesitaba dejar de vivir tan deprisa y olvidarme de todo entre sus brazos, y al final lo único que olvidé fue lo que vivimos entre los dos.

Entro en el teatro por los bastidores. Conforme llego adonde está Summer, al final, me gano las miradas asesinas de más de uno.

Como si fuera culpa mía su falta de talento. En vez de estar odiándome, deberían estar pensado en qué han fallado ellos.

Que les den.

Me pongo al lado de Summer, que repasa el guion, nerviosa.

—Seguro que te lo sabes al dedillo.

—No todo, este director puede pedirte la parte que quiera sin seguir un orden. ¿Tú cómo lo llevas?

—Bien, no me preocupa.

—No te preocupa porque en el fondo piensas que, si no te sale bien y te echan, no importa. Pero te aconsejo que antes de seguir por ese camino pienses si de verdad te daría tan igual como crees.

Aparto la mirada, molesto por que me conozca tan bien a pesar de todo. En verdad no sé qué hago aquí. O sí. Es una forma de estar cerca de ella y robarle a esta irrealidad todos los besos que el alcohol y las drogas me hicieron olvidar. Pero no sé si, más allá de eso, es esto lo que quiero.

—Lo tengo todo controlado —le digo con una tranquilidad que no siento y que noto que a ella la relaja—. ¿Qué te pasa?

—¿Por qué lo preguntas?

—Te noto tensa.

—¿Y quién no lo estaría con tanta gente asesinándote con la mirada?

—Tú no tienes el problema, Sum, pasa de los envidiosos, porque si no puedes hacerlo ahora, has elegido una mala carrera.

—Lo sé. En este mundillo es el pan de cada día, aunque de cara a la galería todos nos llevemos genial y seamos superamigos. Cuánta falsedad. Es como si nunca dejáramos de actuar.

—Así es la vida, pero al menos mientras sigues un guion sabes cómo acabará la función. —Asiente, el director nos llama y pide la escena del primer beso.

Nos dejan solos en el escenario; el resto de los actores, que habían salido para saber qué escena era la elegida, se bajan. Summer repasa el guion, nerviosa; sé la presión que tiene, quiere hacerlo tan bien que nadie dude de que está aquí porque se lo merece. El problema es que, por muy bien que lo haga, siempre habrá alguien que diga lo contrario.

—Solo tienes que dejar que te bese y parecer inocente.

—Empiezo a pensar que me ha cogido por ser virgen. ¿Te has leído la obra entera? —Asiento—. La protagonista es una puritana que nunca ha estado con un hombre. Claro, que eso va a dar un giro.

—Sea como sea, disfruta. —Asiente.

Dan paso a la escena. En ella me he llevado a la hija del alcalde a solas, con la clara idea de seducirla, pensando que será muy fácil, dado que se la considera una mujer florero. La acorralo contra la librería y le acaricio el brazo sin dejar de mirar sus labios. Parezco un lobo al acecho y ella un corderito asustado.

Summer lo hace perfecto. Me acerco a su oído y le susurro. La piel se le eriza por mi aliento y dudo que esto sea parte del guion, o tal vez sí. Sea como sea, lo disfruto.

Me acerco a sus rojos labios y la beso. En el texto pone «inocente beso», el problema es que, cuando tengo sus labios, tan dulces y suaves, entre los míos, lo que pone en el guion se me olvida y alzo mis manos para meterlas en su rubio pelo e intensificar el beso.

Nos besamos olvidándonos de todo, hasta que Summer gime entre mis brazos, el director corta la escena y mi compañera se pone roja como un tomate.

—Ese beso dejadlo para más adelante, ahora es inocente y casi casto.

—Entendido —le digo divertido como nunca.

—Te has pasado —me dice Summer.

—Me declaro inocente. —Bufa y empezamos otra vez, y ahora sí le doy un beso inocente, que me deja con ganas de más.

Repetimos la escena varias veces, le robo cientos de besos y de suspiros y, aunque sean falsos, para mí son pedacitos de lo que podría haber sido mi vida de no haberse estropeado todo, porque no tengo dudas de que, si todo hubiera seguido su curso normal, al final habría tenido que admitir que me acabé enamorando de esa niña de grandes ojos verdes.

Capítulo 16

Summer

Mi padre está cubriendo una noticia cerca de aquí y me llama. Por norma general está en plató, a menos que suceda algo importante, que se va a donde está la noticia para hacer el telediario desde ese lugar. Cojo un autobús para ir al sitio en el que me ha dicho que estaría.

Están rodando en una casa antigua. Llego allí y veo a varios del equipo de noticias. Algunos son nuevos, otros me conocen desde hace años. Me indican dónde está mi padre. Lo veo al lado de su atractiva compañera de trabajo, esa por la que mi madre alguna vez ha sentido celos. Nunca me lo ha dicho, no ha hecho falta, la conozco y, aunque trate de ocultarme cosas, las veo.

Por supuesto mi padre solo la ve como una compañera, porque adora a mi madre. Un día me contaron su historia, todos esos años perdidos por culpa de la desconfianza, lo que me hace preguntarme si eso ha marcado a mi madre hasta el punto de que, aunque sepa que ama a su marido, teme que todo termine por terceras personas.

Es lo que me mantiene firme en mi deseo de no enamorarme otra vez de Erik. Eso y que finja tan bien los besos. He besado a otros en obras de teatro y nunca un beso me pareció tan real. Me sorprende su capacidad para actuar, y me duele compararlos con los otros besos que tuvimos. Me ha contado la verdad..., el problema es que no lo termino de creer.

Mi padre me ve y se disculpa con su compañera para acercarse a mí. Me da un pequeño abrazo. No lo intensifica, ni yo tampoco, aunque desee cobijarme entre sus brazos y pensar inocentemente que mientras esté en ellos nada malo me pasará.

Esto es algo que piensas hasta que creces y te das cuenta de que tus padres dejan de ser superhéroes para pasar a ser humanos, y que, aunque ellos darían tu vida por ti, no pueden evitar que sufras.

—¿Cómo está mi pequeña?

—Me pregunto si cuando me case y tenga hijos me seguirás llamando así —le digo con una sonrisa.

—Ten por seguro que sí. ¿Qué tal las clases?

—A tus dos preguntas, bien. Estoy bien y las clases van bien.

—¿Y qué te preocupa? Lo noto en tu mirada.

Lo llaman para entrar en antena y me pide que lo espere para ir a comer juntos. Asiento y, como cuando era niña, me pongo tras las cámaras para observar con admiración a mi progenitor.

Mi padre se transforma y se mete en su rol de serio presentador. Aunque tiene ya casi cincuenta años, desde mi punto de vista es uno de los hombres más guapos que hay. Y esto nada tiene que ver con mi amor de hija.

Mi padre termina de grabar y viene hacia mí. Les dice a sus compañeros que volverá pronto para preparar el informativo de la noche.

Cuando mi madre se casó con él lo hizo también con su carrera y sabiendo que, aunque ella fuera lo más importante de su vida, su trabajo también.

Ahora ya regresa a casa todos los días. No es como antes, que se pasaba días de viaje. Lo extrañábamos mucho. Yo siempre he entendido menos que mi madre por qué tenía que compartir a mi padre. Lo quería todo para mí. Es ahora cuando lo entiendo y cuando me he dado cuenta de que, si para nosotros era duro, para él más dejarnos atrás.

Nos vamos a un sencillo restaurante donde están otros compañeros de mi padre. Nos sentamos en una mesa al fondo y pedimos el menú para comer.

—¿Qué te preocupa? Y dime la verdad, demasiado duro es ir a casa y no verte todos los días como para que no me cuentes como antes qué es lo que te preocupa.

—Es por la obra. No sé si me merezco el papel o me lo han dado por ser tu hija.

—Seguramente el que les llamaras la atención fue por ser mi hija.

—Eso no me ayuda, papá. —Se ríe.

—Lo que quiero decir es que, al contrario que el resto de tus compañeros, tú tenías un cartel luminoso con un apellido que era conocido —asiento—, pero eso no te hace ser mejor. Tal vez te abra puertas que a otros se les cierran. Pero, si no vales, nadie te querrá con el paso del tiempo. Solo tu valía prevalecerá, Summer.

—Supongo que sí...

—Summer, has elegido un camino difícil. Yo lo sé mejor que nadie.

Saca su móvil y busca en Twitter su nombre. Vemos a algunas personas que lo alaban y a varios que lo critican, incluso hay memes de él. Me cuesta no reírme con alguno de ellos.

—Puedes reírte. —Lo hago y guarda el móvil—. Al final aprendes que toda esta mierda es parte de ser un personaje público.

—Pues es un asco, es como si termináramos de comer aquí y criticara al restaurante públicamente. O como si cada vez que voy a comprar a un supermercado luego me quejara en las redes de cómo me han atendido.

—Debes aceptar que vas a estar expuesta.

—Solo es un trabajo...

—La gente critica a los personajes públicos, eso es cierto, pero no te olvides de que lo peor en este mundillo no es eso, sino que no hablen nada de ti. Que pases tan desapercibido que no despiertes emoción alguna en la gente. Si te critican es porque algo bueno estás haciendo.

Visto así, mi padre tiene razón, y noto cómo el nudo que tenía en el estómago se va disipando.

Nos sirven la comida y la tomamos mientras hablamos de su trabajo.

—Y con Erik —se atreve a preguntarme en el postre—, ¿cómo te van las cosas?

—Bien, hemos vuelto a ser amigos.

—Me preocupa ese chico. Tengo miedo de que caiga otra vez. Sus padres no lo soportarían.

—Ni él tampoco; dudo que pudiera llevar esa vida otra vez sin acabar mal.

—Me cuesta entender qué hizo que ese niño tan bueno terminara así.

—Yo creo que existe una razón, y la voy a descubrir.

—Bien, cuando lo hagas me la cuentas.

—Ni de coña, es la vida de Erik.

—Antes no tenías secretos conmigo.

—Antes yo creía que tú tampoco, hasta que me hice mayor y descubrí lo complejo que es mi padre. —Cojo su mano—. Que no te lo cuente todo no me hace quererte menos. Lo sabes, ¿no?

—Summer, no hace falta que me lo digas para saberlo. Pero me encanta oírtelo decir.

Recuerdo que cuando era niña le decía cientos de veces que lo quería. Lo besaba a todas horas en la cara con besos babosos y lo abrazaba con fuerza. Luego, poco a poco, todo se perdió. Me levanto y lo abrazo como cuando era niña. Mi padre me devuelve el gesto.

—Estoy bien, vale, pero os echo de menos.

—Lo sé. Nosotros a ti también, pequeña.

Hacerse mayor está genial, me encanta mi vida ahora. El problema es que cuando tienes miedo ya no es tan fácil decirlo, ni tampoco admitir que te mueres por un abrazo de tus padres.

Capítulo 17

Summer

Espero a Erik tirada en su sofá, repasando el guion. Mañana tenemos ensayo y no hemos practicado nada. Lo veo menos ahora que vivimos juntos que antes.

A veces pienso que me evita. No es normal que pare tan poco en casa.

La puerta se abre y me levanto para ir hacia él. Entra con el pelo húmedo, de la ducha que se ha dado tras el entrenamiento. Deja la bolsa en el suelo y me mira divertido por mi acoso.

Cómo me gusta cuando se relaja, cuando sus ojos relucen de esa forma.

Y no debería gustarme tanto, ni fijarme en cómo le queda el pelo mojado sobre la frente. Solo somos amigos.

—Tenemos que ensayar.

—Tengo que estudiar.

—¿En serio? —Asiente—. ¿No puedes ensayar solo una escena?

—Solo si es la que yo quiera.

—Vale, te dejo elegir, me las sé todas. Puedes preguntarme.

—Esto no consiste en decir al dedillo la frase, Summer, es transmitirla al público de tal forma que hasta un sordo pueda sentir el poder de tus palabras por lo que transmiten tus ojos.

—Guau..., te gusta todo esto más de lo que pensaba.

—No digas chorradas.

Se va hacia el armario que compartimos en la habitación donde está mi cama y se cambia de ropa. Lo espero sentada en el sofá. Sale con un chándal cómodo gris que usa para estar por casa.

—¿Qué escena ensayamos?

—Te echan en cara que no sabes transmitir pasión. Creo que deberíamos ensayar una en la que están a punto de acostarse.

—Vale, genial —lo digo como si mi corazón no acabara de dar una voltereta y no esté nerviosa por hacer esa escena con Erik.

Lo miro serena, tratando de recordarme que todo esto no es más que teatro.

En la escena estamos sentados en uno de los bancos de la casa de mi padre, el alcalde. Me besa inocentemente al principio y luego con más intensidad. Cuando me toca el pecho y me pone sobre sus rodillas para que note su dureza, me niego un instante antes de pedirle que no me deje de besar nunca.

Decimos las frases de rigor y Erik me besa como dice. El beso cada vez se hace más intenso, tanto que me cuesta recordar que es falso. Lo hago hasta el punto de que me olvido de qué paso venía ahora, si era que yo me subía sobre sus piernas o que él me levantaba. Erik mete su lengua dentro de mi boca, algo que no se hace en el teatro. No se lo digo, porque me encanta sentirla entrelazada con la mía.

Me levanta y me pone sobre sus piernas. El deseo aumenta en mí, algo que solo atisbé a su lado cuando ni siquiera sabía que era eso lo que sentía.

Pasa sus manos por mi espalda y lleva una hacia mi pecho..., tarde recuerdo que no llevo ropa interior. Me separo y lo miro a los ojos. Están cargados de deseo, parecen lava líquida. Qué bien actúa. Qué falso es...

Por eso me aparto.

—Creo que lo hemos hecho bien. Ya ensayaremos más otro día.

Sin esperar a que me responda me pierdo en mi cuarto, sabiendo que no estoy actuando, que en cuanto me besa me derrito entre sus labios.

—Qué recuerdos me trae estar aquí —dice Nora sentándose en las gradas para ver el partido.

Han venido a pasar el fin de semana, Nora y su novio junto con Roni y su pareja. Se quedan en un hotel. No saben que Erik y yo vivimos juntos.

Me enteré de que venían por Erik primero, y luego por Nora, que me escribió para preguntar si quería ver el partido con ellos.

Ha pasado una semana desde que Erik y yo ensayamos en su casa, algo que no hemos vuelto a hacer. Nos hemos limitado a los ensayos en el teatro. El director no está muy contento, dice que nos sigue faltando pasión. Eso es porque no vio cómo se nos fue de las manos cuando nos limitamos a actuar ciñéndonos al guion.

Estoy preocupada por si esto me hacer perder el papel...

—Ya te digo —dice Roni sonriente—, aunque no todos buenos.

—Yo solo me quedo con los buenos —dice Mathew, que acaba de llegar con bebida y comida.

Estamos sentados muy cerca del campo, de modo que Erik nos ve nada más salir y saluda a sus amigos. No tiene buena cara; últimamente para menos en casa, si es que eso es posible. No sé cuánto tiempo podrá soportar el ritmo de vida que lleva y, si soy sincera, temo que haya vuelto a las andadas.

Me aterra que recaiga.

El partido empieza y el equipo local se pone en cabeza con un golazo de Erik. La grada chilla emocionada. Erik no lo celebra, nunca lo hace.

Tampoco se le acerca ninguno, y ya no tengo tan claro que sea culpa de Erik.

Lo he visto sonreír, hacer bromas e intentar ser feliz y seguir su vida. Me ha costado llegar a este punto, pero estamos dando pasos de gigante. Y el ver que sus compañeros lo ignoran porque piensan que es un chulito prepotente me hace creer que prefieren pensar así que tomarse la molestia de conocerlo.

Yo, por mi parte, he empezado a hablarme con varios compañeros de clase. No es el grupo que va a las fiestas y que destaca a simple vista, pero cuanto más los conozco mejor me caen.

El partido termina y hemos ganado por tres goles. Esperamos a Erik en la puerta de los vestuarios.

—Qué recuerdos —dice otra vez Nora.

—Espero que recuerdes cuando me acosaste en la ducha y te metiste conmigo.

—¡Mathew! —lo regaña su novia, y el aludido se ríe—. Eres tonto.

—Si no me metiera contigo, sería raro...

—Muy raro. —Nora lo besa.

Empiezan a salir los jugadores, Joel de los primeros, que me mira y se marcha. La verdad es que esperaba que me pidiera perdón. Estaba muy equivocada con él.

Erik sale de los últimos. Lleva una camisa blanca ajustada que no deja nada a la imaginación. Su cincelado pecho se marca, haciendo que se me seque la boca.

Mi mente recuerda sus manos acariciando mi espalda y su mano tocando mi pecho...

Era falso, era mentira, no lo olvides.

—¿Adónde vamos? —pregunta al llegar hasta nosotros.

—A cenar algo y luego a echar unas partidas de billar por parejas. Os pienso ganar...

—Dirás «os» vamos a ganar... —le dice Nora a su novio.

—¿Y quién te dice que pensaba ir contigo? Todos sabemos que Erik es el mejor, después de mí, claro.

—Eres tonto —le dice Nora, adelantándose y cogiendo a Roni del brazo.

Mathew no la deja dar dos pasos antes de besarla y decirle que por supuesto que pensaba ir con ella, aunque perdieran.

—No vamos a perder —añade Nora mirándonos.

—Algunas cosas no cambian —me dice Roni poniéndose a mi lado mientras vamos hacia el sitio donde vamos a cenar.

Erik va junto a Ewan, hablando del partido.

—Raro sería que lo hicieran estos dos. Por mucho que se quieran, picarse es parte de ellos.

—No lo sabes tú bien... —Me río por cómo lo dice—. Por cierto, sabemos que vives con Erik —me confiesa Roni, que siempre ha sido más calmada que su amiga Nora—. No vamos a decir nada. Lo sabemos por Debbie, que nos contó lo enfadada que estaba Daura con su prima por echarte de su casa. No te lo comentamos porque pensábamos que, si no nos lo habías dicho, sería por algo.

—¿Y por qué me lo confiesas ahora?

—Porque no te veo bien, y quiero saber si puedo ayudarte. Sabes que puedes confiar en mí. Aunque dudo que me lo cuentes, quiero que sepas que te escucharé.

Roni me saca cinco años, aunque siempre ha sido una más del grupo de amigos. Cuando la conocí era un niño y que luego dejara de serlo lo vi normal, pese a mi corta edad, porque mis padres nos lo explicaron como algo normal, no con prejuicios e historias. Siempre he simpatizado con Roni.

Ahora que soy más madura sé que muchos de los comportamientos de esta sociedad contra estas cosas empiezan desde el hogar.

Si tú haces normal lo extraño, pasa a ser algo cotidiano.

Vamos a una pizzería y pedimos varias pizzas. Veo a mis amigos de clase al fondo y me acerco a saludarlos.

—Estás rodeada de capitanes de fútbol —me dice Estela, una pecosa de pelo cobrizo.

—Y no sabría decirte cuál de los dos está más bueno —añade María.

—Ninguno de los dos —dice Fran.

Estela sonríe al comentario de su amigo. Se conocen de toda la vida. Desde niños han estados juntos en clase y fue una suerte que les gustara lo mismo y hayan podido estudiar en la misma universidad.

La gente no se acerca a ellos porque piensan que es un grupo cerrado a cal y canto. Yo lo hice, cuando ellos mismos me dijeron que no hiciera caso a los envidiosos. Me di cuenta de que, aunque sean amigos de toda la vida, no estaban cerrados a añadir a alguien más en su grupo. Y lo que empezó como charlas en clase acabó por convertirme en amiga de estos tres. Siempre que puedo me siento a su lado y más de una vez me han pasado apuntes.

Me tratan como a una más y no ven en mí solo mi apellido.

—Si os queréis unir...

—No, pero gracias, vamos a ir a jugar a casa de un amigo una partida de rol —dice Fran emocionado—. Hoy va de época. Han conseguido atrezo medieval.

—Te tienes que apuntar. Está genial —me dice Estela.

—Lo haré. Tengo curiosidad por conocer ese mundillo.

Me miran ilusionados y me cuentan de qué personajes van a hacer esta noche. Esa es otra de las razones por las que la gente no se les acerca: los consideran unos friquis.

Hay mucho idiota suelto.

Me despido de ellos cuando veo que sirven nuestras pizzas y quedamos para vernos en clase.

—¿Tus amigos? —me pregunta Nora.

—Sí, me han invitado a jugar una partida de rol, otro día me apunto.

—Nunca he jugado a eso —me dice Ewan—. Tiene que estar chulo, y te dará muchas tablas para tu carrera.

Saber improvisar es muy bueno, por si te quedas en blanco.

—Eso pienso. Tiene que ser muy divertido.

—Cuando vayas, si puedo, voy contigo —dice Erik como si tal cosa.

—Genial. Aunque seguro que te gano.

—Seguramente. —Me mira con una sonrisa que me derrite. Cuando desaparece de su cara casi le ruego que no lo haga.

Vamos al *pub* a tomar algo y a echar unas partidas de billar. Me toca ir con Erik, que es muy bueno. El problema es que yo soy penosa y le hago perder todas las veces.

—Eres muy mala —me dice en la barra pagando la siguiente ronda por perder.

—Lo sé. Pero me lo estoy pasando genial.

—Se te nota.

Erik me observa con intensidad. Recuerdo nuestra única cita, esa que él ha olvidado. Nos pasamos el día de un lado a otro por el pueblo. Comimos en una pizzería y después nos fuimos al lago, donde no dejamos de enrollarnos hasta que nos dolieron los labios.

Más tarde decidimos ir a cenar y de camino vi un fotomatón y me metí dentro, arrastrándolo conmigo. Era el día más feliz de mi vida. Ni me di cuenta de que iba puesto. No lo vi beber e, inocente de mí, pensaba que era porque ese día había dejado toda esa mierda por mí.

Qué equivocada estaba.

Solo yo recuerdo ese día y el musitado «te quiero» que me dijo antes de dejarme en casa y perderse con la noche.

Noto cómo mi felicidad decae al recordar todo esto y me marcho al servicio. Al salir busco a mis amigos y no los veo. A quien sí veo es a Erik mirando a un tipo con mala cara. Este trata de cogerle del brazo y Erik le pide que se largue. Cuando me acerco a su lado, Erik me mira y, enfadado como nunca, se marcha del bar.

¿Quién era ese chico?

Capítulo 18

Summer

Erik viene a los ensayos. Algo que creí que no haría, ya que desde el sábado no sé nada de él. Como era de esperar, nos sale fatal. Actúa sin ganas y, cuando se marcha, le echan en cara al director que contratara a alguien que no ama lo que hace.

Seguimos ensayando y a mí no me sale mucho mejor. Me cuesta dejar mis problemas lejos de la obra.

El director da por terminado el ensayo y me llama para que lo siga a su despacho.

Entro y me pide que cierre la puerta.

—Si no dejas tus problemas fuera del escenario, te quitaré el papel con la misma facilidad con la que te lo he dado. ¿Estoy siendo claro? —Asiento—. Me da igual de quién seas hija, Summer, te lo di porque vi algo en ti. No sería la primera vez que me equivoco. Estás avisada, y este mensaje sirve también para tu amigo. Puedes irte.

Le mando un mensaje a Erik al móvil y le digo que

lo espero en casa para hablar. Que más le vale presentarse. No me responde, pero me sale el doble *check* azul de que lo ha leído. Llego a casa y espero a Erik. Por suerte para mí, no tarda en llegar.

—El director me ha dado un aviso. Otra actuación tan pésima y nos echa. Tal vez a ti te dé igual, pero para mí es importante. ¡Y por tu culpa lo he hecho fatal!

—¿Y se puede saber qué he hecho yo?

—¡Estaba preocupada por ti! Por si... —Callo. Aparto la mirada.

—Por si he recaído, ¿no?

—No sabes lo que es ver cómo se destruye alguien a quien... —Lo miro a los ojos—. Alguien que te importa.

—No lo voy a hacer, Summer. Si me fui del bar fue por los recuerdos que me trajo una persona.

—¿El chico con el que te vi al salir del servicio? —Asiente.

—Era uno de mis antiguos amigos. —Se ríe sin ilusión—. Mejor dicho, era uno de los que estaban a mi lado para tener todo gratis. No lo veía desde que decidí dejarlo.

—¿Y qué quería?

—Pedirme más dinero.

—¡Pero qué morro! No se lo darás, ¿verdad?

—Claro que no, pero me siento culpable por que siga metido en todo eso. Si yo no les hubiera dado dinero para sus vicios...

—¿Acaso antes de conocerlos eran hermanitas de la caridad?

—Claro que no. Cuando me acerqué a ellos ya estaban muy metidos. Pero con el dinero que tenían no les daba para mucho y yo...

—Tú no eras más que un crío. Ellos se metieron en eso sin ti, al igual que tú lo hiciste porque quisiste. Porque tenemos información de sobra para saber qué nos pasa si cruzamos la línea.

—Sabía lo que hacía.

—Es triste.

—Es lo que hay. —Se aleja y se va hacia la ventana—. Me contó que uno de ellos está interno en un sanatorio mental y otro es un yonqui que se pincha lo que pilla y, cuando no le llega, amenaza a sus familiares a punta de navaja.

—¿Y por qué te contó esto?

—Para añadir que era culpa mía, y que así le diera el dinero.

—Es un poco absurdo; si te cuenta eso, con menos motivo le vas a dar para drogas.

—Él dice que no es para drogas, sino para buscar trabajo.

—¿Lo creíste?

—No, se notaba que iba hasta arriba.

—Nunca fueron tus amigos, Erik, y aunque hubieran tardado más, al final esa hubiera sido su vida, de seguir por ese camino. Tú llevas tres años sin tomar nada. Tuviste suerte. Te podías haber frito el cerebro con esa mierda..., o algo peor.

—Sí, dentro de lo malo, he tenido suerte.

—No pareces feliz.

—Dame tiempo. Y ahora, ensayemos. No quiero que pierdas la oportunidad de brillar en la obra.

Nos ponemos a ello y, cuando nos besamos, lo hacemos actuando, sin sobrepasar los límites. Y así lo hacemos también en los ensayos de la universidad. El director está contento. Yo me siento contenida.

Es lo que hay. Con Erik es mejor mantener las distancias; el problema es que, cuanto más lo beso, más deseo dejarme llevar y profundizar el acto sin pensar en nada.

Capítulo 19

Erik

Summer se prepara para ir a jugar con sus amigos a un juego de rol. Va de un lado a otro por la casa.

—Qué lástima que tengas entrenamiento.

—En otra ocasión.

—Estoy nerviosa. Igual me quedo en blanco y no sé meterme en el papel.

—Solo tienes que disfrutar, Sum, como cuando de niña improvisabas historias entre las sábanas colgadas al sol.

Me mira con una amplia sonrisa y, tras recoger sus cosas, se marcha.

Termino un trabajo para mi padre y se lo mando. Los hago ya por inercia. Relleno facturas y respondo correos, a veces repitiéndome. Me aburre esta parte del trabajo, y más desde que actúo.

Me está costando dejarme llevar, como siempre. Sé que un día no muy lejano tendré que tomar decisiones.

Recojo mis cosas y me marcho al entrenamiento. Al

llegar noto muchas miraditas hacia mi persona, sobre todo de los que no me soportan, entre los que ahora se encuentra Joel, como si yo tuviera la culpa de que Summer no sienta lo mismo por él.

Joel solo es otro idiota más que, como no consigue lo que quiere por sus propios medios, en vez de aceptarlo, busca culpables.

Que le den.

—Erik, ven a mi despacho —me pide el entrenador.

Es entonces cuando las miradas de los sabelotodo se clavan en mi nuca. No tengo dudas de que soy el único que no sabe de qué va la cosa.

—Cierra la puerta —me pide; no parece contento.

—¿Qué sucede?

—Que esta panda de idiotas ha encontrado la forma de quitarte el cargo de capitán y también de echarte del equipo.

—¿Cómo?

—Hay una cláusula arcaica en los estatutos de esta universidad que dice que un estudiante con una beca deportiva no puede estar matriculado en otra actividad extra a las clases. Nadie se acuerda de ella. No eres el primer becado que hace lo mismo que tú y nunca nadie ha sido sancionado; el problema es que tú tienes muchos enemigos.

—Ya veo, el puesto de capitán está muy cotizado por aquí, por lo que parece.

—De todos modos, lo único que debes hacer es dejar de actuar, y todo seguirá como siempre.

—¿Y si no quiero dejarlo? —Por la mirada del entrenador veo que ni siquiera había barajado esa posibilidad.

—No puedes hacerme esto.

—Yo no he hecho nada, han sido ellos, y no voy a dejar de actuar.

—Eres muy bueno como futbolista, Erik, seguramente te lluevan ofertas de los mejores clubes del país...

—¿Sabe por qué jugaba al fútbol? —Niega con la cabeza—. No era por llegar a ser un futbolista profesional, sino porque me recordaba a mi infancia. Un tiempo pasado donde era feliz. Solo por eso.

—Pues sigue jugando...

—Actuar me hace mucho más feliz. Y así no tengo que lidiar con gente que no se toma en serio lo que hace.

—Erik...

—No soy yo quien ha decidido esto. Os deseo suerte.

Me marcho con una sonrisa, pues en verdad me da igual, y no he dudado. Sabía lo que quería. Mi felicidad molesta a más de uno.

Que les den, conmigo han tocado en hueso.

Voy al parque donde Summer había quedado con sus amigos para jugar a rol en vivo. Me ha contado que uno propone un tema e imagina un mundo, y el resto asume un rol, o algo así; no sé gran cosa de este tema, aunque siempre me ha parecido interesante.

No tardo en verlos, ya que van vestidos con trajes de época y son un grupo bastante grande.

Mucha gente los mira curiosos, otros los llaman friquis con desprecio.

Voy hacia ellos y me siento cerca, en un banco, para ver la escenificación. Summer hace el papel de una dama cándida que tiene que gritar cuando los atacan. Lleva un vestido de esos que se atan por detrás con lazos. Por lo que parece, los adversarios no pueden coger la bandera que están protegiendo. Uno de ellos está a punto de tomarla cuando Summer se cansa de ser una dama llorona y lo detiene, agarrándolo de la capa. Los demás la miran, sabiendo que se ha salido del guion, pero pronto improvisa que es una guerrera infiltrada en el grupo de damas y que sabe luchar mejor que cualquier hombre.

Algo que seguramente sea cierto, porque su madre, desde que nació, le ha enseñado a defenderse.

Summer deja su papel y defiende la bandera en su nuevo rol entre risas y algún que otro participante picado, porque al haber improvisado gana su equipo. Estela la abraza feliz. Un hombre va hacia ella y le dice algo. Me fijo en que es el profesor de teatro.

Summer me ve y me saluda extrañada. Me levanto y voy hacia ella.

—¿No deberías estar entrenando?

—Yo también me alegro de verte.

—Claro que me alegro de verte, pero... ¿han suspendido el entrenamiento?

—Que yo sepa, no, estarán buscando nuevo capitán.

Summer me mira preocupada. Se vuelve para que le desate los lazos del vestido. Lo hago y se queda con su ropa.

—Vamos.

Se despide de sus amigos y del profesor y nos vamos hacia una zona más tranquila del parque. Le cuento lo que ha pasado sentados en un banco.

—Pero ¡¿cómo pueden ser tan idiotas?!

—No me importa, Summer. Está todo bien así.

—No tenían por qué hacerte elegir. La gente no puede aceptar que alguien sea mejor, no paran hasta destruirlo. ¿No vas a echar de menos el fútbol?

—¿Sinceramente? —Asiente—. No lo creo. Entreno los fines de semana a un equipo del centro para personas con pocos recursos de tu madre.

—No lo sabía.

—Yo no jugaba al fútbol para llegar lejos con esta carrera, pero me venía bien la beca.

—¿Y ahora?

—Saldré adelante. No te preocupes.

Se vuelve y me mira. Hago lo mismo: sus ojos verdes me estudian.

—Pareces un viejo cuando hablas. Es como si lo vivido te hubiera hecho madurar demasiado rápido.

—No exageres. —Sonríe—. ¿Volvemos a casa?

—Claro. Hoy cocino yo.

—Es decir, esta noche cenamos bocadillos fríos. —Se ríe y me arranca una sonrisa.

—Cómo lo sabes.

Summer me mira feliz y por un segundo creo que de verdad podría existir un «nosotros». Ojalá no me asfixiara tanto el hecho de poder destrozarlo todo por culpa del peso que llevo sobre los hombros...

Capítulo 20

SUMMER

—¡Parad! No me gusta —dice el profesor de teatro—, no me gusta nada. Estáis contenidos, parecéis dos robots.

Miro a mi profesor. Me sorprendió verlo en el juego de rol, y me dijo que todo aquello me iba a venir muy bien para soltarme y aprender a improvisar.

Erik y yo estamos ahora ensayando la escena de cama. Donde nuestros protagonistas dan rienda suelta a la pasión y donde al ensayar hemos puesto más cuidado en seguir unos pasos coordinados. Como si de un baile se tratara.

—¡Así no! Vosotros veréis cómo lo hacéis, pero con esta escena estáis fuera. Podéis iros.

Se van todos menos nosotros. Erik se pone la camiseta que le he quitado. Yo me pongo la mía; llevo un maillot de color carne con el que parece que vaya desnuda.

—Tiene razón, estamos frenándonos —me dice clavando sus ojos plateados en mí—. ¿Quieres que lo hagamos otra vez?

—Es eso o nos echan. No voy a dejar que hayas perdido tu puesto de capitán por nada. Es hora de dejar de ponernos límites.

Asiente y busca su móvil para poner música.

La escena empieza con los dos a los pies de la cama. Erik me mira. Alzo la mirada y acaricio su mejilla. Sube sus manos por mi espalda sin dejar de mirarme. Sus ojos muestran el deseo de hacerme suya, los míos espero que también sepan fingir de la misma forma... ¡Ja!, si me concentro es para que nadie, y menos él mismo, vea cuánto me gusta.

Baja su cabeza para besarme con lentitud, como si temiera abrir los ojos y que yo no fuera más que un espejismo. Así lo pone en el guion y, mientras me besa, lo siento. Siento sus labios amoldarse a los míos sin barreras. Noto su lengua mimarme, acariciarme, jugar conmigo.

Suspiro entre sus labios y me alzo para que me coja entre sus brazos. Para que luego me deje en esta cama, que está inclinada ligeramente para que pueda ser vista desde todos los puntos del teatro.

Me mira desde arriba. Tan guapo, tan apuesto, tan sensual.

Lo deseo, lo deseo de una forma tan intensa que me duele.

Erik baja su cabeza. Enredo mis manos en su pelo negro y tiro de él mientras el beso cada vez se hace más intenso.

Recorro los contornos de su espalda. En el guion dice que la protagonista teme que el amanecer se lleve a su amante y lo acaricia memorizando a fuego cada centímetro de su piel.

Aún no están casados y si alguien se entera de que ella se ha dejado seducir la tacharían de ligera de cascos. Le da igual. Lo quiere. Y confía en él.

Me pongo de rodillas en la cama cuando Erik recuerda el guion y se aleja. Agarro su mano para que no lo haga y tiro de mi camisón. Me lo quito, quedándome con el maillot color carne, y llevo su mano hacia mi pecho. Los dos notamos cómo se endurece bajo su contacto.

—Ámame —le digo, y esta es la última vez que recuerdo el guion.

Pues en cuanto Erik se quita la camisa y se acerca a mí, besándome con ímpetu, me olvido de todo..., hasta de que no estamos solos.

—Ejem, ejem... —Erik se va hacia atrás. Yo me tapo con la sábana. El profesor sale de entre bastidores—. Eso mismo quiero, pero que sea apto para todos los públicos.

Sonríe sabiendo que, si no nos llega a detener, tal vez esto habría sido más bien una peli porno.

—Esto no debería haber pasado —le digo a Erik, sabiendo que no es tonto y ha notado lo mucho que me ha gustado. Lo mucho que lo deseo.

Recojo mis cosas para irme, pues necesito poner distancia entre los dos.

—Sum —me detengo y lo miro. Parece perdido y a la vez seguro de sí mismo—, no he fingido que te deseo. No podría.

—No te creo. No te creo.

—¿Por qué? Te he contado la verdad.

—No toda, y siento que hay algo que nos separa por encima de todas las cosas.

—No puedo decírtelo.

—Tranquilo, solo es sexo. Nada más.

Me vuelvo para irme. No me contradice ni me dice lo que tanto ansío escuchar.

Que, como yo, él también está enamorado de mí.

Capítulo 21

Erik

No he visto a Summer desde ayer. Desde que casi nos lo montamos en un teatro público. Aún recuerdo su cara diciendo que no me creía, y cómo se alejó sin que yo tuviera el valor de decirle que no es solo sexo, que ella siempre ha sido para mí la única.

No puedo hacerlo. No sé si seré lo que ella merece.

Estoy totalmente roto por dentro, solo me sostengo por pedazos quebradizos que al más mínimo temblor se resquebrajarán.

Ella no se merece a alguien que es compañero de la tristeza y la tiene por su más íntima amiga.

Al menos mientras fingimos ser otros puedo decirle que la quiero y puedo besarla como deseo. A los ojos de todos no es más que teatro, a los míos, lo más intenso que he vivido en mi vida.

Hoy tenemos ensayo. Es sábado y normalmente no hay, pero la semana que viene no hay clases y el profesor quería que viniéramos.

Salgo al escenario y veo a Summer. Me pongo a su lado. Me mira. Se sonroja. Al menos sé que me desea tanto como yo a ella.

—Bien, ya estamos todos. Hoy tengo un ejercicio para vosotros. Baja la luz —le dice a su ayudante—. Y ve dirigiendo el foco a quien yo te diga.

Le va indicando y va pidiendo a la gente que, sin decir nada, transmita un sentimiento.

Le toca a Summer y le pide amor. Summer me mira un segundo antes de que la ciegue el foco y en sus ojos reluce el sentimiento hasta el punto de llorar de felicidad.

Noto el corazón agitado y me muero por preguntarle en quién se ha inspirado.

—Erik, tu turno. Quiero que me muestres dolor.

El foco me ciega. No veo nada, es como si estuviera solo. Para mostrar dolor debo pensar en algo que me lo produzca. Mi mente va hacia una escena. La evito, pero regresa. La desecho, pero es más fuerte que yo.

Noto que el pulso se me acelera y por un segundo soy ese adolescente de catorce años.

No quiero recordarlo, no quiero.

—¡No me toques! —grito fuera de mí.

Summer chilla a mi lado, me zarandea y me trae de vuelta. Avergonzado como nunca, me marcho de aquí. Summer me sigue corriendo, tira de mí hasta que casi nos caemos.

—¿Quién no te puede tocar?

—Solo estaba actuando.

—¡Ni de coña, Erik! ¡He sentido tu dolor! Antes de que dijeras eso tus ojos mostraban pánico. No se puede fingir así.

—Soy muy buen actor.

—No lo eres tanto, dime la verdad.

—No hay nada que contarte. Y tampoco te voy a confesar que me pasó algo que justifique por qué dejé de ser como era y me metí en las drogas. Estaba fingiendo en el teatro. Acepta que fui un puto drogadicto.

—Me mientes y me duele. Tal vez no seamos tan buenos amigos como creo.

—Tal vez no, si no eres capaz de ver la verdad.

Sé que me estoy pasando, que me arrepentiré, pero necesito irme.

—Entonces quizá es mejor que me busque otro piso.

—Sí, será lo mejor.

Me suelta. Nada me retiene aquí. Me marcho hacia mi coche y conduzco sin destino fijo. Sin rumbo, y recordando por primera vez la noche en la que me di el golpe, sabiendo que no fue un accidente, que trataba de quitarme la vida para dejar de recordar a mi profesora de instituto y cómo me violó cuando tenía catorce años, convirtiendo mi vida en un infierno...

SEGUNDA PARTE

Finge que me amas

Capítulo 22

SUMMER

Llevo una semana sin saber de Erik, por eso pienso que no se va a presentar a los ensayos tras los días libres.

Al poco de despedirnos de aquella manera tan horrible me escribió para decirme que no me fuera de su casa. No le respondí y claro que me fui. Mientras encuentro algo, estoy durmiendo en el sofá de Estela y María. Es superincómodo, mi espalda puede dar fe de ello.

No se me quita de la cabeza la idea de que lo que pasó el último día fue un recuerdo de su pasado. Y sé que me mintió, que sí hay un motivo para que acabara en ese mundo. He visto en sus ojos el asco que siente por lo que hizo y vi hace una semana el dolor clavado en su mirada.

Me duele que me mintiera una vez más al negarlo y al echarme en cara que yo lo que busco es una buena razón que justifique cómo acabó de esa forma. No la busco, sé que la hay. Y claro que se adivina la verdad, veo cómo una vez más me engaña con una facilidad que me pone los pelos de punta y me recuerda cómo lo ha hecho otras veces.

Me fui a ver a mi familia este fin de semana. Esme no fue, se quedó en la universidad. Últimamente hablamos menos. Sé que estará ahí cuando la necesite, pero también que llevar vidas alejadas nos está separando.

Con Estela, María y Fran la cosa va muy bien. Estamos escribiendo el guion de la próxima partida de rol y he puesto dinero para el fondo de atrezo. Va a ser de duendes. Estoy deseando pintarme toda la cara de verde y ponerme orejas de punta. Lo malo va a ser quitárselo. Me da igual, pienso disfrutar al máximo, y además aprendo mucho improvisando.

El profesor mira a mis compañeros y pasa lista mentalmente, por lo que parece. Ya que, al llegar a mi lado y ver que Erik no está, pone mala cara, anota algo en su libreta y se sienta en la primera fila, donde tiene su mesa y sus notas. Nos pide que empecemos por una escena que hago con mi familia de mentira.

Hoy quedan descartadas las escenas donde aparecía Erik.

Estamos acabando el ensayo de la escena cuando el director dice cuál será la siguiente. En ella aparece Erik; me imagino que lo va a sustituir por el de reserva hasta que miro entre bastidores y veo a Erik, que no deja de observarme.

Mi tonto corazón da un vuelco por tenerlo tan cerca y, sin querer hacerlo, al mirar sus gruesos labios recuerdo la última vez que actuamos juntos y cómo se nos fue de las manos y dejamos que la pasión se desatara entre los dos.

Él juró que no fingía; yo... no le creo.

La escena termina y los actores se cambian para la siguiente. Yo me quedo donde estoy viendo cómo Erik se acerca a mí.

Está tan increíble como siempre, con su pelo negro algo despeinado y esa ropa informal que le queda como un condenado guante. Recordar su torso desnudo mientras sus manos me tocaban por todas partes me calienta.

Aparto la mirada enfadada. Puedo desearlo como a nadie, pero eso no cambia lo molesta que estoy con él.

Empezamos la escena y la hacemos perfecta, tanto que por primera vez me creo que me merezco este papel. Finjo que lo quiero cuando en verdad le estaría gritando por el enfado que tengo. Claro que él también lo hace perfecto. Cómo no. Es muy buen actor, fuera y dentro.

Es un mentiroso.

Terminamos y Erik me pide que hablemos, al tiempo que lo llama el profesor. No le contesto y recojo mis cosas para salir de aquí y no tener que enfrentarme a él.

Estoy saliendo cuando me coge del brazo y me gira.

—Tenemos que hablar.

—¿Me vas a contar qué te pasó para que acabaras en toda esa mierda? —Su mirada cambia—. A mí no puedes engañarme, Erik; antes tenía dudas, ahora tengo la certeza de que algo sucedió para que viniese luego todo aquello. Y que me mientas cuando me dices que no y me acuses de ver cosas donde no las hay me duele. Así que yo me quedo viendo cosas donde me dé la gana y tú apártate de mí hasta que dejes de mentirme.

Me empiezo a ir, esperando que una vez más lo niegue y me mienta. No lo hace, por eso me vuelvo y lo miro. Está con la mirada ausente y el pesar que veo en sus ojos casi me hace olvidar mis palabras e ir hacia él. No lo hago, porque siento que solo así estoy ayudándolo.

Me marcho sintiendo que alguien ha cogido mi corazón y me lo está apretando con fuerza.

Lo peor es que, mientras no me cuente qué fue, mi mente ya ha empezado a hacer cábalas y pocas son buenas, tras lo que vi en los ensayos.

Capítulo 23

Summer

Me preparo para una partida de rol en casa de Estela y María. Ya han empezado a llegar sus amigos. Tienen todos una personalidad fascinante y, cuanto más los conoces, más te encariñas de sus excentricidades.

—Deberías pintarte la cara de verde —me dice Onix, el que siempre hace de líder y más sabe de todo esto.

Es alto y muy atractivo, con esos ojos azules bajo sus gafas y el pelo rubio descuidado. Lo mejor de él, su sonrisa. Siempre anda sonriendo, menos cuando actúa, pues le gusta hacer de rey egoísta y sin escrúpulos.

—No sé dónde está.

Me señala una mesa donde no solo está la pintura verde, hay de todos los colores. Hasta con purpurina. Cojo lo que necesito y me pinto frente al espejo de la entrada.

Me queda fatal el verde, la verdad. Sonrío y espero a que lleguen el resto de las personas que van a jugar.

La verdad es que yo no entiendo mucho de todo esto. Solo pienso en lo bien que me lo paso y lo que me ayuda para la interpretación. Hoy el profesor no ha venido. Somos menos y, después del juego, nos sentamos a comer algo y a beber.

Hablamos de todo un poco y me siento fascinada por todo lo que saben. La puerta suena y Estela se levanta a abrir.

—Summer, te buscan. —Alzo la mirada y veo a Erik.

Mis amigos no saben qué nos pasó, solo que nos enfadamos, pero no el porqué, por eso María lo mira con mala cara.

—Quiero hablar contigo.

—Yo solo quiero hablar si dejas de mentirme.

Erik mira a las personas que nos rodean. Desentona un poco aquí porque el resto estamos disfrazados y aún con restos de pintura en la cara.

—No voy a mentirte. ¿Podemos hablar en privado?

—Podéis usar mi cuarto —nos dice Estela.

—Si vas a contarme más mentiras, no —le digo a Erik.

—Si he venido a hablar será por algo, ¿no?

Nos miramos a los ojos; parece más perdido que nunca, por eso asiento.

Me sigue al cuarto de Estela, que está lleno de ropa. Cierro la puerta y lo miro a la espera de que hable, sabiendo que, por mucho que me afecte, como me mienta otra vez no voy a ceder.

Nos quedamos en silencio. No dice nada y esta espera me desespera, sobre todo porque veo sus ojos grises más apagados que nunca.

—¿No querías hablar conmigo?

—No es fácil para mí.

—Pues no lo hagas.

—No hacerlo significa perderte... como amiga —añade, y aunque es lo que quiero ser, no puedo negar que me duele. Y más si recuerdo el ensayo en el que nos dejamos llevar por la pasión.

Tal vez de ser cierto que no fingió, al igual que yo, solo sintamos deseo.

El deseo es más fácil de llevar que el amor, porque al final acaba apagándose.

—Lo que más me molesta es que me mintieras. No te voy a pedir que me lo cuentes ya, pero de ahí a que me hagas parecer tonta negando lo evidente...

—¿Por qué es tan evidente?

—No lo era hace años. Era más joven y veía todo de otra forma. Lo empecé a pensar cuando te fuiste y nos despedimos. Vi mucha tristeza en tus ojos, y no la ansiedad de alguien que ha consumido drogas y se muere por un poco más. Cuando te volví a ver mis suposiciones se reafirmaban cuanto más tiempo pasábamos juntos y, tras tu actuación del otro día..., no estabas interpretando, y he pensado cientos de cosas. Todas ellas horribles. Tanto que prefiero no seguir con suposiciones hasta saber la verdad; pero hasta que estés listo solo quiero que, si vamos a ser amigos, no me tomes por tonta. Te conozco y sé lo que veo en tus ojos.

—Mi madre me ha hecho esta misma pregunta cientos de veces.

—Y siempre le dices que no te pasó nada —adivino. Asiente.

—Para ella es mejor que siga creyendo que no pasó nada.

—Entonces reconoces que sí sucedió algo.

Toma aire y mira por la ventana. Se ha quedado

pálido. Me acerco y cojo su mano, entrelazando mis dedos con los suyos, que están fríos.

—Sí, algo me cambió para siempre, Summer, y no sé ser ese chico que era. Ni creo que nunca vuelva a serlo. Solo sé ser esta persona triste que no es capaz de sonreír como antes.

Sus palabras me calan hondo. Cojo su cara y le acaricio la mejilla donde tiene la cicatriz.

—Sea lo que sea, solo es una herida más que cicatrizará, Erik. De ti depende que deje de sangrar y empiece a curarse. —Le sonrío pese al dolor que siento y las ganas de llorar que me consumen—. Has dado un paso.

Lo abrazo. Erik no me devuelve el abrazo, pero sé que no es porque no lo necesite. Es más bien al contrario, lo ansía tanto que teme romperse tras lo que ha confesado. Por eso se queda quieto, para no venirse abajo.

Me separo y lo miro con una sonrisa que transformo en carcajada cuando veo que le he puesto la ropa perdida de verde por mi cara pintada. Erik lo mira y sonríe, y esto alivia la tensión del ambiente.

—Solo por esto merezco que vuelvas a mi casa.

—¿Para que te limpie la camiseta? Vas listo.

—Porque te echo de menos, tonta.

Sonrío ampliamente y asiento. Erik me ayuda a recoger mis cosas tras cambiarme y quitarme la pintura de la cara. Me despido de mis amigos después de darles las gracias por todo y Erik promete venir conmigo la próxima vez que nos reunamos. Algunos lo miran con recelo, otros como si no dieran crédito a que un antiguo capitán del equipo de fútbol quisiera estar aquí. Es lo malo que tiene querer encasillarlo todo y pensar que si te gusta una cosa no te puede agradar otra.

A mí me gusta ser capaz de elegir y tener el poder de ser quien quiera en cada momento sin que lo que hago el día anterior tenga que determinar cómo debo comportarme al siguiente.

Prefiero no pensar en grupos o modas y hacer lo que deseo.

La universidad no es como yo pensaba. Nada está saliendo como tenía previsto. Y me da igual. Me encanta cómo va todo.

Miro a Erik mientras regresamos a casa. Me mira y sonríe. Tal vez no sea la sonrisa de antaño, pero es un comienzo.

Capítulo 24

Erik

Observo a Summer ir de un lado a otro de la casa. Menos mal que es pequeña. Tiene una prueba para un anuncio que le ha conseguido el profesor de teatro. La acaba de llamar y le ha dado solo una hora para vestirse y estar lista para el *casting*.

—¡No sé qué ponerme!

—¿Cualquier cosa? —Me dirige una mirada asesina—. Quieren ver tu capacidad interpretativa, no otra cosa.

—¡Ja! Seguro que luego me piden sacar carne. —Se mira el pecho. Hago lo mismo. Cometo un error, pues lo recuerdo bajo mi mano—. Tengo suficiente, pero soy algo más que tetas.

—Lo eres, sí.

Con esa idea en la cabeza se pone un jersey hasta arriba. No hace tanto frío como para llevarlo, pero sé lo que intenta. Quiere que la seleccionen por su talento.

—Estoy lista. ¿Me llevas?

—Claro.

Cojo las llaves de mi coche y nos marchamos del apartamento. Llevamos solo un día viviendo juntos y ayer hubo tantas emociones que al llegar a casa cada uno buscó su espacio para pensar en todo. No soportaba estar en este piso sin ella. Me había acostumbrado a verla, aunque fuera unos minutos.

A su lado siento que tal vez no vuelva a ser quien fui, pero sí que empiezo a vivir mirando hacia delante. No quiero perder eso.

Llegamos donde es el *casting* y paso con ella. Hay muchas chicas de su edad y algo más mayores. También hay hombres esperando una prueba. Entro tras desearle mucha mierda en la zona desde donde los acompañantes ven las pruebas.

Empiezan los *castings*. El director tiene la mano muy larga y cuando entran algunas con ropa recatada les pide que se cambien allí mismo de camiseta, sabiendo que lo harán, porque se mueren por una oportunidad y no quieren aparentar timidez. Y esto no es solo para ellas. La mujer del director hace lo mismo con los hombres y, pensando que no les importa, descarada, les toca el torso y el culo a algunos.

Siento asco.

Estoy a punto de ir a decírselo a Summer cuando ella entra para hacer la prueba.

Me quedo quieto, rígido, temiendo presenciar una agresión y sabiendo que no lo podré consentir.

—Cámbiese. —El director le tira a Summer una camisa minúscula. La mira.

—¿Puedo ir al servicio?

—No, ¿acaso eres tímida?

—No, pero usted ni siquiera me ha visto actuar y ya quiere que me quite la ropa.

—Solo es un cuerpo. Cámbiese o váyase.

—No es solo un cuerpo, es el mío, y quiero ser actriz, pero no a cualquier precio.

Le lanza la camiseta a la mesa y se marcha.

Voy a buscarla orgulloso de ella. Cuando la encuentro, sonríe triunfal.

—No pareces muy triste por haber perdido esta oportunidad.

—Estaba deseando decirle lo que le dije. —La miro sin comprender—. No me ha reconocido, pero yo a él, sí. En el gremio se le conoce y supe de él una de las veces que estaba en el plató de mi padre. Uno de sus cámaras llegó hecho una furia por lo que acababa de presenciar; fue contarlo y más personas secundaron sus palabras. Y su mujer no se queda atrás. Ella se aprovecha tocando a los actores, como si no pasara nada, cuando un hombre tiene que ser respetado igual que una mujer. —Me mira y sé que espera mi reacción, pero me mantengo impasible—. Cuando supe que eran ellos esperé mi turno para decirle lo que pensaba. Lo triste es que no servirá de nada. Hasta que no se les denuncie seguirán así y muchas personas caerán en sus redes deseando lograr todo lo que les prometen. Yo no pienso llegar lejos pisoteando mis principios. Quiero ser fiel a mí misma. Que no me importe un día desnudarme ante una cámara no significa que por eso todo valga.

—Tienes suerte.

—¿De qué?

—De pensar así, y en parte es por tu madre. Ella os ha educado fuertes y fieles a vosotros mismos.

—Sí.

—No cambies nunca, Summer. Todas las promesas que te puedan hacer son falsas.

—Lo sé, nada se consigue con facilidad, sino con trabajo duro. Mi padre me ha enseñado eso. Le costó llegar donde está y, cuando éramos pequeños, lo pasaba mal por no poder estar con nosotros. Un día me confesó que cuando nací se planteó dejarlo todo, porque él trabaja por amor al arte y, para él, el trabajo es su vida y sentía que nos era infiel por invertir tanto tiempo en su pasión, pero no lo hizo, porque se dio cuenta de que tenía la suerte de trabajar en lo que le gustaba y que a nosotros nos estaba enseñando a luchar por nuestros sueños. A no rendirnos, aunque a veces tuviéramos que hacer malabares para llegar a todo, y a desear que un día nosotros trabajáramos en lo que nos gusta, para que nos pasara como a él. Que el trabajo nos dé la vida y no nos la quitemos por trabajar en algo que nos angustia.

La miro: sus ojos verdes relucen y se parece más a su padre que nunca. Es como él en eso, en la fuerza que transmite por su amor a lo que le gusta. Sé que Summer llegará a donde quiera y lo hará luchando.

La admiro y la envidio. Yo ahora mismo siento que solo me dejo llevar y no sé ni lo que quiero. Y, lo que es más triste, me cuesta ser feliz. Me cuesta tener pasión.

Me sonríe ajena a mis pensamientos.

—Invítame a comer...

—O mejor comemos en casa, sin la beca estoy sin un duro.

—Vale, sí, mejor comemos en casa, que está empezando a hacer frío y estoy helada.

Summer corre hacia mi coche y lo abro con el mando a distancia para que entre mientras me acerco. Antes de entrar me sonríe como solo ella sabe hacerlo y recuerdo la primera vez que me di cuenta de que había dejado de quererla como amigo.

Ya estaba metido de lleno en toda esa mierda. Y aun así no conseguía olvidar. Nada me hacía olvidar ese horror ni dejar de sentir asco por mí mismo. Y entonces apareció Summer en mi campo de visión, con Esme. Las dos salían del instituto, se reían por algo que solo ellas sabían.

Había visto miles de veces sonreír a Summer, sabía cómo lo hacía, pero era la primera vez que me vi admirando las facciones de su cara. Que me encontré perdido en su sonrisa. Summer me vio y me saludó. Esme hizo lo mismo, pero con mala cara. Por el contrario, su amiga vino hacia mí sonriente.

—Hola, Erik, ¿qué tal estás? —Me perdí en sus ojos verdes, en su boca...

—Bien.

—No se nota, tienes una pinta horrible —dijo Esme.

—Déjalo, Esme —me defendió Summer—. Te he echado de menos..., ya casi no nos vemos.

—Mejor, porque apesta a alcohol.

Summer la miró enfadada y Esme se marchó rumiando.

—¿Estás bien, Erik? —me preguntó con dulzura, y tocó mi mano.

Nos miramos como si fuera la primera vez que nos viéramos y me di cuenta de que, perdido en sus ojos verdes, sí había conseguido olvidarme de todo. Hasta de mi pesadilla.

—Ahora sí. —Y en verdad no mentía.

Me empecé a acercar a ella, deseando, ansiando poder alejarme de toda la oscuridad. Hasta que me di cuenta de que no sería así, de que, si no me alejaba de ella, acabaría destrozándola.

Capítulo 25

Erik

Summer está tirada en el sofá estudiando. Yo lo hago en la mesa, aunque no dejo de mirar sus pies moverse de un lado a otro. Hemos preparado algo de comer y ahora estamos aprovechando la tarde. Es la primera vez desde que vivimos juntos que pasamos tanto tiempo en casa. Le he pedido a mi padre trabajar desde aquí y, como ya no tengo que entrenar al fútbol, tengo más tiempo libre y me puedo administrar mejor.

—¿Quieres que ensayemos? —me dice sin mirarme. Se alza y se apoya en el respaldo del sofá—. ¿O tienes mucho trabajo?

—Si me das una hora, puedo ensayar el tiempo que quieras.

—Bien, yo mientras voy a mi cuarto a hablar con Esme. Hace mucho que no sé de ella y es raro.

A los cinco minutos regresa con mala cara.

—¿Todo bien?

—Sí, está de fiesta y no podía hablar mucho.

Se tira en el sofá y la veo trastear con su móvil. Sigo con lo mío hasta que se levanta y viene a sentarse a mi lado.

—¿Qué pasa?

—Puedo no responderte a esa pregunta, yo te la hago muchas veces y no me respondes. —Me tenso—. Lo siento, es solo que...

—¿Qué?

—Cuando empecé la uni tenía una idea preconcebida de cómo sería todo y nada está pasando como creía. Con Esme hablamos de ir a fiestas o ligar con tíos y que cada fin de semana iríamos una al campus de la otra...; nada de eso ha pasado. No lo echo de menos, pero es que Esme sí está viviendo todas esas cosas. Es como si todo esto nos estuviera cambiando y alejándonos la una de la otra. Ya casi no hablamos y cuando tenemos tiempo para hacerlo no sé qué contarle, como si temiera que no me comprendiera, porque ya no es como cuando íbamos a la misma clase. Ahora me siento a veces más a gusto hablando con Estela o María de teatro que con Esme, porque sé que me entienden. Y me siento la peor amiga del mundo... No quiero perderla y me da miedo no volver a ser las amigas que éramos.

—Siempre estaréis ahí la una para la otra.

—Pero ya nada será igual.

—No, tendrá otras cosas.

—¿A ti te ha pasado?

—Teniendo en cuenta que solo me queda de amigo Mathew, sí. Todo cambia. Ya no seremos nunca más esos niños que jugaban sin preocupaciones..., ya nunca volverá ese tiempo.

Me recorre un escalofrío y Summer lo nota. Entrelaza su mano con la mía.

—Me da miedo el cambio, pero, si te soy sincera, también me entusiasma ver hacia dónde vamos.

Me sonríe, como solo ella sabe hacerlo. Me pierdo en ella y sé que deseo besarla como nada en el mundo. Algo que no haré, porque no podemos ser más que amigos. Lo bueno es que siempre podemos ensayar y besarla como deseo hacer sin tener que explicarle por qué, queriéndola como la quiero, la alejo de mí.

Summer

Erik termina de trabajar casi a la hora de la cena. Su padre le ha enviado un correo con más trabajo. Lo bueno es que estamos juntos y, aunque no hablemos, me gusta tenerlo cerca. Preparo algo rápido de cenar, unos sándwiches, y le dejo el suyo a su lado.

—No tenías que haberte molestado.

—Solo he metido el salchichón dentro..., ah, y los he tostado. Soy toda una chef. —Sonríe y me pierdo en sus labios, hasta que me doy cuenta y me centro en mi cena.

Recoge todo y se come lo que le he preparado mientras vemos las noticias deportivas en el canal de mi padre. Hablan de nuevos fichajes y aparece Neill. Al ser el más caro, ahora todos se comparan con él. Está muy guapo, siempre lo ha sido. Debbie y él hacen muy buena pareja.

—¿Echas de menos jugar al fútbol?

—Echo de menos jugar al fútbol como cuando era un niño. Ahora solo jugaba para sentir una vez más esa paz.

Lo miro.

—A veces siento que es como si no pararas de correr. De huir. ¿Me dejas correr a tu lado? —Cojo su mano—. Estoy aquí, me cuentes lo que me cuentes.

Le recorre un escalofrío y aprieto más fuerte mi mano alrededor de la suya.

—Tal vez nunca logre detenerme.

—Entonces tendré que apuntarme a cardio para seguirte el ritmo. —Sonríe.

—¿Ensayamos? —dice separando nuestras manos y dando por zanjado este tema.

—Claro. Tú eliges la escena.

Elige una del principio, de cuando la está cortejando. No hay beso ni caricias, y mentiría si no dijera que me siento desilusionada.

Lo mejor de esta obra son sus besos.

Por eso cuando, tras acabarla, coge mi cara y me besa con dulzura, como quien teme que de ser brusco todo se acabe, me dejo llevar sin poder hablar, presa de lo que me hace sentir.

—En esta escena no había beso —le digo cuando se aparta.

—¿No? Vaya, lo he leído mal.

No le digo que tiene una memoria increíble y que sé que me ha besado porque le ha dado la gana. No lo hago porque no sé qué le diría si lo admitiera. Cada vez me cuesta más pensar que solo lo quiero como amigo. Estar a su lado me hace olvidar las razones por las que no deberíamos estar juntos.

Aunque, claro, esto es cosa de dos y él tal vez solo sienta deseo. Y el deseo se apaga.

Capítulo 26

Erik

Terminamos el ensayo y el profesor me llama a su despacho. Entro y me pide que cierre la puerta.

—En verdad no sabía si meterme o no...

—Pues entonces mejor no lo haga —le respondo brusco sintiendo por dónde van los tiros.

—Ya, pero he decidido hacerlo.

—En vez de preocuparse por mí, debería pensar adónde manda a sus alumnas a hacer pruebas —sonríe.

—No sabía que era ese director, ponía solo «prueba para un anuncio» y pensé en Summer. Me he enterado y le he pedido perdón esta mañana cuando la vi por la universidad. No la hubiera mandado de saber que era ese viejo verde —asiento—. Eres muy buen actor, Erik, pero nadie puede fingir tan bien un dolor como el tuyo.

—Usted lo ha dicho, soy muy bueno.

—No tanto como para eso. Y me atrevo a decir que nadie podría expresar ese dolor de no haber vivido algo así. ¿Has recibido malos tratos de niño?

—No —le digo enfurecido—. ¿Me escucha decir «no me toques» y ya piensa que mis padres me pegaban?

—Eso, o que te han violado, aunque eso es algo que pasa más entre mujeres...

Lo miro con rabia, enfurecido, asqueado, y me marcho antes de decir nada, como siento que espera. Me marcho para no saltar y contradecir sus palabras.

Al salir encuentro a Summer, a quien ignoro como si no la hubiera visto de reojo. Me sigue y ando más deprisa hasta que me coge del brazo ya fuera del teatro.

—¿Se puede saber qué te ha dicho? Como sea algo malo, entro y...

—Todo está bien.

—Si me vas a mentir, mejor no hables.

—Quiero estar solo, y como ves no te estoy mintiendo —le digo borde, sabiendo que necesito más que nunca aire para respirar.

—Puedo estar callada.

—No puedes estar callada. ¡Joder! ¡Déjame solo!

Summer aparta su brazo del mío y me mira enfadada antes de dar media vuelta e irse. No voy tras ella porque necesito un momento a solas para alejar las pesadillas y, aunque ella lo desee, no quiero hacerla sabedora de lo que sucedió.

Summer

Cabreada con Erik, decido acudir a la fiesta que Estela está dando en su casa por su cumpleaños. Le dije que no porque, al ser entre semana, prefería estudiar y ponerme al día con trabajos. Pero ahora mismo sé que no voy a estudiar nada, así que me arreglo y me marcho olvidando a propósito el móvil sobre la mesa del salón. Dudo que Erik me llame cuando vuelva de estar en soledad con su mal humor y su mala leche, pero, por si acaso, que le quede claro que yo no estoy para él hoy tampoco.

Llego a la fiesta. Estela me ve y me abraza. Va algo achispada. Me ofrece algo de beber y acepto. No pienso beber mucho, pero tras la larga caminata hasta su casa necesito una copa.

—Estás increíble, ojalá a mí los vaqueros ajustados me quedaran tan bien como a ti.

—No seas tonta, ya quisiera yo ese culazo que tienes. —Estela me sonríe y me abraza otra vez.

Me presenta a algunos de sus amigos, sobre todo a los que no conozco de las partidas de rol. María no está lejos, hablando con un chico alto de pelo largo que va todo de negro. Se nota que a ella le gusta, por la manera de mirarlo. La verdad es que es muy mono.

—¿Quieres una galleta? —me dice Fran—. Antes de que digas que sí, y las veas como inocentes, te advierto que son de cánnabis.

—Nunca las he probado. —Por eso, en mi ignorancia, pienso que con el cannabis pasa como con el alcohol, que cuando se calienta ya no se te sube.

Acepto una. Lleva chocolate y he de admitir que está muy buena. Por eso pillo alguna más. Lo hago hasta que empiezo a sentir una ansiedad enorme. La casa me parece más pequeña. El aire se me queda retenido en los pulmones.

No sé lidiar con esta sensación.

Todo me da vueltas, es como estar en un sueño.

Las manos me tiemblan. Me despido de mis amigos

y me marcho. Tal vez no sea lo mejor, pero ahora mismo solo pienso en que desaparezca esta sensación.

No consigo ir muy lejos. Me caigo de rodillas y me cuesta levantarme.

—Joven, ¿le sucede algo? —Alzo la vista y, aunque digo que no, el taxista no me cree y me monta en su coche.

Acabo en el hospital y me hacen un lavado de estómago. Me quedo dormida poco después.

Capítulo 27

Summer

Abro los ojos y veo a mi madre a mi lado.

—Mamá.

—Me alegra que estés despierta, estaba muy preocupada. —Coge mi mano.

—¿Te han llamado?

—Sí, me asustaron mucho. ¿Has ingerido marihuana, hija?

—Te diría que no, pero te mentiría. En mi defensa diré que era en forma de galletas de chocolate deliciosas y que, como una tonta, pensaba que al calentarse perdería propiedades... Yo qué sé.

—No las pierde, y mal elaboradas pueden ser muy peligrosas. Tu padre una vez contó en las noticias el caso de una chica que, tras un ataque de ansiedad por consumir así el cannabis, se suicidó. Una droga no deja de serlo porque lleve un envoltorio más bonito, hija.

—Ahora lo sé.

—Te van a preguntar dónde lo consumiste.

—No voy a decir nada.

—Lo sé.

—Pero no lo entiendo, a ellos no les sentó mal. Estaban más alegres...

—Es como el alcohol, hija, no a todo el mundo le sienta de la misma manera.

—Estás enfadada —adivino.

—Sí, pero porque me preocupo. Aun así, aunque me enfade, prefiero que me lo cuentes y no ponerme a gritarte.

—Me siento tonta. Y toda la culpa es de Erik.

—Ahora sí que me he enfadado.

—Discutimos..., o más bien no lo hicimos.

Mi madre se sienta en mi cama.

—Hija, no sé qué lío te traes con Erik, pero sí sé que, pasara lo que pasara hace años, ahora le importas. Está fuera esperando a que le dejen pasar.

—¿Lo has llamado?

—No, al ver que no regresabas fue a casa de Estela y esta le dijo que hacía mucho que te habías ido. Preocupado, te estuvo buscando y, al no encontrarte, vino al hospital y fue cuando me vio. Su cara al verme era puro pánico y no se relajó hasta que le conté lo sucedido y que estabas bien.

—Sé que le importo, como amiga.

—Tú no lo ves como un amigo, Summer.

—No quiero que me guste. No confío en él.

—No es que no confíes en él, es que te hizo tanto daño que temes pasar por lo mismo y lo alejas. Sé de lo que hablo.

—Pero tú al final perdonaste a papá.

—Porque me di cuenta de que me hacía más daño estar sin él.

—Pensaba que me dirías que Erik no es de fiar...

—Erik es un buen chico. Lo quiero mucho y está sufriendo. Todos lo vemos y no se abre... Me da miedo que nunca lo haga.

—Entonces todos dais por hecho que algo pasó para que acabara como lo hizo... —Asiente—. ¿Y por qué no lo presionáis para que lo suelte de una vez?

—Veo a chicos como Erik casi todos los días y sé que lo mejor es no forzarlos. Cuanto más presionas a alguien para que se abra, más se cierra. Erik tiene que afrontar el pasado y contarlo.

—¿Tú qué crees que pasó? —Mi madre duda—. Mamá, dímelo.

—Yo creo que pasó algo relacionado con el sexo. Yo viví algo parecido, como sabes, y me pasaba como a él.

Agacho la mirada. Era lo que había pensado.

—No soporto saber que le han hecho daño y no poder hacer nada.

—Lo sé. Por eso estoy cabreada, hija, pero me alegra estar hablando contigo como amigas.

Mi madre acaricia mi mejilla. La abrazo.

—Estoy bien, ¿vale? —le digo entre sus brazos.

—Lo sé, y eres muy fuerte y todo eso, pero me quedo un ratito más así contigo.

Se me llenan los ojos de lágrimas porque mi madre me entienda y me abrace como deseo. No consigo olvidar la sensación de angustia de anoche y tampoco por lo que debe de estar pasando Erik por no ser capaz de exteriorizar lo que le sucedió.

Erik

Veo entrar al médico en el cuarto de Summer y me desespero. Anoche, al llegar a casa y ver su móvil al lado de mis cosas, supe que estaba muy enfadada y esperaba que llegara tarde. El problema es que, cuando a las dos de la mañana aún no había vuelto, me empecé a preocupar y fui a buscarla a casa de Estela, pensando que ella sabía algo e ignorando que había habido allí una fiesta. Estaba recogiendo los restos de la celebración de cumpleaños y me dijo que Summer hacía mucho que se había ido.

La busqué por todos lados. Solo me quedaba mirar en el hospital. Cuando vi a Dulce creí que me moría. Me contó lo sucedido y me relajé, aunque en mi cabeza no dejo de pensar que todo ha sido por mi culpa.

—Erik. —Dulce sale tras el médico—. Está bien. Le han dado el alta y dice que tú la llevas a su casa. He insistido, pero prefiere que lo hagas tú.

—Claro —le digo algo más relajado.

—Me tengo que ir. Nos vemos.

Asiento y la veo alejarse. Entro en el cuarto de Summer; está en el baño. Sale con la ropa que fui a recoger a casa. No le he dicho a Dulce que vive conmigo, solo que su compañera de piso me había dejado pasar a por algo de ropa.

—Mi madre ni siquiera sabe que vivimos juntos.

—Ahora mismo es lo que menos me importa. ¿Nos vamos?

—Mi madre me ha dicho que estabas preocupado por mí. ¿Por qué aun así te siento tan lejos?

—Es mejor así.

Empiezo a irme. Me detiene y me mira enfurecida.

—¿Alejarme de ti? ¿Otra vez? —Me golpea en el pecho—. Tengo dieciocho años y yo decido lo que es mejor o no para mí. No vuelvas a decidir por mí, Erik, no soy una niña.

—No lo demostraste anoche.

—Idiota. —No la contradigo—. Sabía que estaba comiendo eso, pero fui tonta al pensar que no me pasaría nada. De todos modos, he aprendido la lección.

—Fuiste a esa fiesta porque no te quise contar lo del profesor. Y no digas que no, dejaste el móvil al lado de mis cosas para que me quedara claro que ahora eras tú la que prefería pasar de mí.

—Lo admito, y que eso haya traído como consecuencia esto no es culpa tuya. Seguramente hubiera ido a otra de esas fiestas y me hubiera tomado varias de esas galletas. Estaban deliciosas, la verdad, pero ahora es pensar en ellas y siento ganas de vomitar.

—Me alegro. —Me da de broma en el brazo.

—Yo soy responsable de mis acciones, como lo eres tú. ¿Te queda claro?

—Sí. —Sonríe y me abraza.

Me moría por hacerlo, pero no soy tan valiente como ella, que no le importa abrirse y mostrarse tal y como es, sin miedo.

—Por mi culpa has perdido clases —dice refugiada entre mis brazos.

—Eres una mala influencia —bromeo. Se ríe, arrancándome una sonrisa.

Llegamos a casa y Summer va a darse una ducha mientras yo preparo algo para comer. Al salir de la ducha viene a la cocina a ver qué preparo. Lleva puesta una de mis sudaderas grises.

—¿Te has quedado sin ropa, Sum?

—No, pero he abierto el armario y la he visto ahí tan sola y calentita que no he podido evitar ponérmela.

—No me importa.

De hecho, me gusta que la lleve, y no paro de preguntarme qué lleva debajo o si no lleva nada. Joder. Es mi sudadera, no debería parecerme algo tan erótico cuando le queda tan grande y ancha.

—¿Pongo la mesa?

—Tienes que descansar.

—Estoy bien —dice cabezota, y empieza a poner la mesa.

Sirvo la comida y me siento a la mesa. Empezamos a comer en silencio hasta que deja los cubiertos y me pregunta lo que ya esperaba desde hace rato.

—¿De verdad no me vas a contar qué pasó ayer?

—¿Piensas que porque hayas estado en el hospital te lo voy a decir? —Hace un puchero fingido y asiente. Sus ojos verdes sonríen.

—Mi madre dice que no te presione, pero, lo siento, no me puedo quedar quieta como una puñetera estatua si sé que te pasa algo. Seguramente me mandes a la mierda o te enfades, pero, si no te pregunto lo que deseo averiguar, ¿cómo sabes que me preocupo por ti y que me importa lo que te pase?

—¿Le has dicho a tu madre que no te había contado lo que me dijo el profesor?

—No, pero ella y todos los demás piensan como yo, que te pasó algo que te cambió. —Me tenso—. Están esperando y me parece ridículo. Sé que son más mayores y mi madre ha vivido cientos de experiencias en su hogar para los más necesitados, pero yo no puedo quedarme quieta y esperar sin más.

Me levanto. He perdido el apetito.

—Tu madre tiene razón, no te metas en mis asuntos, Sum.

—Mi madre no dijo eso, solo que así te alejaría de mí... —Se levanta y me sigue. Me abraza por detrás—. Me costará... mucho, la verdad, pero iré a tu ritmo.

—No creo que lo consigas.

—Seguramente no. —Me doy la vuelta y nos quedamos abrazados.

—El profesor no dijo nada que no suponga ya todo el mundo.

—¿Que alguien abusó de ti? Porque eso es lo que yo he pensado...

Me pongo rígido. Summer lo nota y me acaricia la espalda. Luego se alza y hace algo que me pilla desprevenido. Me da pequeños besos en el cuello que, más que calmarme, me excitan y me recuerdan algo... La aparto.

—No se puede considerar abuso cuando tú lo deseas —le digo entre dientes recordando el asco.

—¿Qué? Si tanto lo deseabas, ¿por qué te cambió? ¡No me lo creo! Algo me ocultas —me grita cuando voy hacia el que era mi cuarto y me encierro en él recordando a la mujer que arruinó mi vida y cómo, con una sonrisa, me dijo acariciándome que ella solo había hecho lo que yo deseaba y que eso no era una violación.

Capítulo 28

Erik

Me despierto cuando escucho un golpe tras la puerta seguido de un quejido. Me he quedado dormido sobre la cama. Abro la puerta y veo a Summer sentada en el suelo, frotándose la cabeza.

—Me he dormido apoyada en la puerta y al darme la vuelta en el suelo me he dado con la cabeza.

—¿Esperabas para recuperar tu cama?

—No, a ti, tenía la esperanza de que te abrieras a mí...

—Tú llevas bien eso de no hacer caso a lo que te dicen tus padres...

—Solo si sé que no tienen razón. El problema es que ellos no te conocen como yo. Yo sé que te mueres por contarme la verdad, porque quieres saber si tienes tú razón o esa zorra que te hizo creer que la deseabas. Lo vi antes en tus ojos.

—Ves demasiado.

—Siempre te he visto a ti.

Se levanta y tira de mí hacia la cama. Se sienta en ella y espera que yo haga lo mismo. Apago la luz de la mesilla de noche, dejando solo la de la luna que entra por la ventana. No enciendo porque, si hablo, no quiero ver la vergüenza en sus ojos. Ni siquiera sé por qué estoy planteándome contarle nada, si es, como ella ha dicho, para saber la verdad o porque quiero que Summer sienta tanto asco por mí como yo para que se aleje, ya que nada hasta ahora lo ha logrado.

No, por eso no es. Si he callado siempre ha sido porque me avergüenzo de lo que sentí.

—Erik, sigo aquí.

—Lo sé. —Y me pregunto hasta cuándo.

Entrelaza sus dedos con los míos. Mi mano está helada en comparación con la suya. Estoy helado por lo que voy a hacer.

Como Summer ha dicho, nadie me conoce como ella, y ella ha sabido cómo llegar a mí y hacer que no pueda seguir callado.

—Tenía catorce años cuando pasó.

—Eras un niño...

—Era un adolescente, sabía lo que hacía.

—Lo dudo, pero tú mismo. Sigue.

—Acababa de entrar una profesora nueva. No tendría más de veinticinco años y nos ponía a todos. Iba siempre con ropa ajustada y escotes. En el patio contábamos las veces que le habíamos visto el sujetador y de qué color era. Hacía poco había descubierto el placer de...

—De acariciarte a ti mismo. —Me ayuda cuando no me salen las palabras, tan directa como siempre—. No es nada malo.

—No lo es, no, pero me avergüenza recordar que me corría pensando en ella. Estaba muy salido. No sabía cómo controlar ese deseo. Y menos cuando entre amigos no dejábamos de hablar de cómo sería hacerlo con ella. Un día me pilló hablando con ellos, diciéndoles que al agacharse casi le había visto el culo, y me llamó a su despacho.

Me quedo callado.

—¿Y?

—Cerró la puerta y se quitó la falda ante mí. Se dio la vuelta y me mostró su culo apenas cubierto por un tanga. Me pidió que se lo tocara. Lo hice, presa de la curiosidad. Aparté la mano nada más hacerlo. La deseaba. Era mi fantasía sexual, pero aquello no estaba bien... Se volvió y me besó en la boca. Pensaba en lo que les contaría a mis compañeros. En mi cabeza estaba la idea de largarme. Acabar ese juego. Pero entonces metió su mano en mi pantalón...

Se me cierra la garganta; recuerdo cómo el deseo se entremezclaba con el miedo.

—Le dije que parara, pero ella me dijo que yo lo deseaba. Que mi pene estaba duro y grande para ella —escupo sus palabras asqueado—. Me siguió tocando hasta que me bajó los pantalones. Y me empujó hacia un sofá. Una vez más le dije que se detuviera. Se rio...

Se hace el silencio. La respiración de Summer es acelerada; sé que está llorando.

—Sigue, por favor. —Me aprieta la mano con más fuerza, la que necesito para seguir.

—Se subió sobre mí hasta que se corrió. Yo no la seguí. Era una pesadilla y no comprendía cómo podía desearla cuando sentía tanto asco. Cómo podía estar duro. Me miró y me tocó hasta que me corrí en sus manos, haciendo que sintiera el doble de asco por todo aquello. Le dije que no quería, que no lo deseaba, que me había violado. Se rio con fuerza mientras se vestía como si nada hubiera pasado, me lanzó un paquete de pañuelos y me dijo que no se puede violar a alguien que lo desea. Que ella solo había hecho lo que yo quería. No se lo conté a nadie, porque ella me convenció de que yo lo deseaba y porque sentía asco de mí mismo por desearla.

Nos quedamos en silencio. Me levanto a abrir la ventana y el aire de la noche me golpea en la cara. No siento frío, no más del que siento desde hace tantos años.

—Te violó, Erik. Diga ella lo que diga fue una violación. —Summer se pone a mi lado—. Tú la deseabas porque no eras más que un niño que ni sabía controlar su propio deseo, pero dijiste «no», y un «no» vale tanto para un hombre como para una mujer. Tú puedes desear algo y no querer que suceda.

—Solo quería olvidarme de todo. Encontrar paz para olvidar ese día. Su olor, sus manos en mi cuerpo... Me metía lo que pillaba y en el fondo me daba igual todo. Hasta matarme, Summer.

—Y buscaste en otras mujeres olvidarla a ella.

—Sí, pero no sirvió de nada, y cuando me quise dar cuenta estaba tan metido en todo eso que no sabía salir. Tampoco pedir ayuda... Solo quería que todo acabara.

—¿Fue un accidente, Erik? —dice, como ya esperaba.

—Tú ya sabes la respuesta.

Nos quedamos callados.

—Es horrible todo esto, no sé cómo procesarlo... Pensaba que cuando me lo contaras tendría las palabras idóneas para sacarte de esa mierda..., pero me he quedado sin ser capaz de expresar lo que siento... Me duele mucho, Erik, me duele mucho que hayas pasado por eso y que pienses que fue culpa tuya. Me duele no haber sabido verlo antes...

—No te lo hubiera contado antes.

—No sé qué decirte. No tengo la palabra exacta para aliviarte... Me siento idiota..., pero, sí, sé que la encontraré y que lo haremos juntos. No estás solo, Erik, sigo aquí.

Me abraza y llora desconsolada, dando forma a las lágrimas que yo no he exteriorizado en todos estos años, y a la vez dando algo de paz a mi alma.

La paz que siempre supe que encontraría entre sus brazos.

Summer

No hemos dormido nada en toda la noche. No dejo de pensar en lo que me ha contado Erik y sé que a él le pasa lo mismo.

Estamos en la cama, tapados hasta arriba, abrazados, y sintiendo el corazón del otro martilleando con fuerza, presos del horror vivido por él. Que me deje abrazarlo tras lo que le hizo esa mujer me parece increíble. No sé qué hubiera hecho yo en su lugar.

Y lo malo no fue la violación, fue cómo le hizo creer que a él le gustaba alguien que le daba asco. Que le gustaba ser usado de esa forma. Lo he sentido así. Y, tras darle muchas vueltas, sé cómo hacerle ver la verdad. Me duele que sea tan poco visible en la sociedad el hecho de que los hombres también sufren vejaciones y que tenga que ponerse como ejemplo a una mujer:

—Tu hermana tiene más o menos la edad que tú tenías por aquel entonces...

—No vayas por ahí —me dice tenso.

—Sí voy por ahí. Si a ella le hubiera pasado eso... Si un profesor de la edad de la tuya se aprovechara de su deseo infantil para abusar de ella..., ¿pensarías que la está violando?

—Pensaría que no existe tierra lo suficientemente grande para que se esconda ese hijo de...

—¿Ves? No pensarías que ella lo deseaba, pensarías que es solo una niña. Alguien que no sabe ni lo que desea. Pero, claro, tú eres un hombre, los hombres no sufren violaciones... ¡Ja! No es así. Somos iguales y un «no» siempre es un «no», Erik, lo diga un hombre o una mujer.

Se sienta en la cama y hago lo mismo.

—Es hora de que aceptes que te violó. Que sufriste una violación, y que dejes de sentir asco y de callarte.

—No voy a decir nada.

—No veo por qué no. ¿Acaso te da vergüenza admitirlo? —Veo en sus ojos que sí—. Es por culpa de esta sociedad. Es habitual que se hable de mujeres que sufren esto, pero pocas veces se da voz a esos hombres, que son menos, pero los hay. Creo que el mundo empezará a cambiar cuando dejemos de vernos como hombres o mujeres y nos veamos como iguales. No somos diferentes, Erik, y por eso mismo no debes sentir vergüenza al admitir que te han violado.

—Necesito estar solo.

—De momento, no pienso irme muy lejos.

—¿No me digas? —ironiza.

Erik se da una larga ducha y siento que es como si necesitara una vez más extirpar de su cuerpo las manos de esa horrible mujer. Al salir me dice que se va a trabajar y que estará fuera hasta tarde. No sé si es verdad o si necesita espacio por lo que me ha contado. Yo me muero por estar a su lado, pero el peso de lo que me ha revelado me ha dejado devastada.

No sé qué hacer con esta maraña de sentimientos ni cómo ayudarlo.

Me hubiera encantado darme cuenta hace tiempo. Lleva muchos años culpándose por sentir deseo por alguien a quien odiaba. No comprendiendo cómo su cuerpo reaccionó en contra de la razón, y pensando que era porque le gustaba eso. No lo ha dicho, pero lo he visto.

Si fuera así, no se sentiría tan mal. Es hora de que acepte lo que pasó.

De que asuma que él no tuvo la culpa y que fue violado.

Capítulo 29

Erik

Pensaba que me costaría más hablar de ello tras tantos años y que una vez lo hiciera parte de la pesadilla desaparecería. No ha sido así.

No dejo de revivirlo todo, de sentirme mal por encontrar atractiva a esa mujer cuando ni siquiera entendía mi propio deseo sexual. Sé que Summer tiene razón, que, por mucho que mi cuerpo respondiera, yo no quería. Y al final, en esto del sexo, quien manda es la razón. Lo sé, pero me cuesta aceptarlo y creer que todo ha pasado.

Ahora mismo solo anhelo dejar de sentir este asco y dejar de recordarla.

Tras lo sucedido siguió dando clases como si nada. Ya no me buscó. Pero, aun así, cada vez que entraba en su clase y olía su perfume lo revivía todo. No soportaba verla y solo quería olvidarlo todo. Por eso me comporté así en aquella época. La mitad de las cosas que hice no las recuerdo, y las que sí, me atormentan.

Yo quería olvidar y al final acabé peor por culpa de las drogas. Me siento una persona débil. Alguien que no tiene la fuerza suficiente para afrontar las cosas.

Otro en mi lugar no hubiera reaccionado así. Y menos haciendo daño a tanta gente. Algo que no logro perdonarme. Por eso no puedo contarle nada a mis padres; la imagen que tienen de mí es ya demasiado pésima. La violación fue un detonante, pero el hecho de que yo fuera débil no me lo quita nadie.

Summer

No sé qué hacer con lo que sé ahora de Erik. No sé cómo procesar la información, y mucho menos cómo ayudarlo.

Soy la primera a la que se lo cuenta y, si no lo hago bien, tal vez se cierre más en sí mismo. Tal vez lo destruya más... Quería saberlo todo, pero ahora me siento más perdida que nunca.

No hay nada que desee más que aliviarlo; el problema es que no sé por dónde empezar.

Tal vez por eso he venido en autobús a los estudios de mi padre. Ayer no pudo venir a verme al hospital porque estaba de viaje, pero me llamó varias veces y hoy otra vez desde su despacho.

Entro a los estudios con mi acreditación, que siempre llevo encima, y voy al despacho de mi padre. No lo encuentro allí; lo busco por la redacción y ahí está con sus compañeros, preparando el programa y contrastando noticias. Alza la mirada y me ve. Se sorprende antes de dejarlo todo y sonreírme.

Al llegar me abraza.

—Iba a verte mañana...

—Papá, estoy bien, ya te lo he dicho cientos de veces.

—Ya, pero me gusta verte. ¿Qué haces aquí? Debe de ser importante. Lo veo en tu cara.

—No te lo puedo contar.

—No me lo puedes contar, pero me has buscado para pedirme consejo, ¿no? —Asiento—. ¿Y cómo te puedo ayudar si no sé qué te pasa? —Alzo los hombros—. Ven, vamos a prepararnos unos cafés y nos los tomamos en mi despacho.

Asiento; es como cuando era pequeña.

Ya con los cafés listos entramos y cerramos la puerta. Tiene un pequeño sofá, donde nos sentamos.

—¿Cómo te puedo ayudar?

—No lo sé. Ni yo misma sé qué hacer.

—¿Es por Erik?

—Puede ser por las clases o por otro chico...

—No creo que haya otro chico ahora para ti. Erik te ha gustado toda la vida y os he visto juntos. He visto cómo lo miras, hija.

—No es sobre eso de lo que quiero hablar —le digo un poco tensa.

—¿No quieres hablar de que te gusta pero no quieres estar con él? —Lo miro enfadada a los ojos. Odio que me conozca tan bien, pero es que, aparte de ser mi padre, siempre ha sido mi mejor amigo—. Solo te diré que no hagas como yo, que me pasé años odiando a tu madre por no hablar las cosas.

—Lo sé, fuisteis un par de idiotas. —Sonríe con cariño—. Lo que me pasa es que sé algo que hizo daño a alguien y temo no actuar como debería para ayudarlo.

—Es decir, que Erik te ha contado qué le pasó y temes no estar a la altura de esa confidencialidad, que se cierre en sí mismo otra vez o que recaiga en las drogas...

—Tantas cosas no había pensado, pero gracias, papá.

—Hija, eres muy fuerte. Desde niña tienes las ideas claras, sabes lo que quieres y luchas por ello. Eres dulce, pero a la vez nunca te has dejado llevar. Tienes una fuerza que sabes transmitir y Erik solo quiere eso de ti. Que seas tú misma con él. Me apuesto lo que quieras a que para que te haya contado lo que le sucedió no has hecho nada especial, salvo ser tú. —Asiento—. Pues ya está, no cambies, hija. Sigue como seguirías de no saber lo que le sucedió. Erik solo quiere normalidad. Era lo que le pasaba a mi hermana tras su intento de violación. Que desconozco si es lo mismo o no, pero sí fue algo que le hizo cambiar. —Aparto la mirada; no quiero que vea lo mucho que se parecen las dos historias—. Ella empezó a curarse cuando todos dejamos de tratarla como si se fuera a romper. En la normalidad encontró la fuerza que buscaba. Si aceptas un consejo, déjate llevar, Summer, y si te gusta Erik, no te pases años poniendo excusas para no estar a su lado.

—Pensaba que no te gustaba. —Sonríe.

—Sí me gusta, pero tengo que hacer de padre malote para que no se le ocurra hacerte daño. —Me río—. ¿Te he ayudado?

—Siempre lo haces. Y ahora tengo que irme.

—Quédate a ver el informativo y luego te llevo a casa.

—Vale, como en los viejos tiempos.

Como siempre, me parece emocionante cómo es todo esto y sobre todo la cantidad de gente que hay tras las cámaras. Mi padre solo es la imagen y detrás de él hay un gran equipo de profesionales que cuidan al detalle de que lo que llega a nuestras casas quede perfecto.

Al terminar me acerca a la calle de mi casa. Erik ya está en ella porque me ha escrito para ver si estoy bien. No me ha preguntado dónde estoy, solo si estoy bien. Así es Erik. Se preocupa, pero quiere que sea libre.

Entro en casa y lo veo sentado en el sofá. Alza la mirada de sus apuntes y me mira con temor. Sé que tiene miedo de que todo haya cambiado entre los dos. Mi padre tenía razón, Erik solo quiere que sea yo misma, no que cambie.

Cierro la puerta y voy hacia él para abrazarlo. Me devuelve el gesto y me abraza con fuerza, demostrándome cuánto necesita esto.

—Si te soy sincera, cuando supe todo pensaba que te tenía que tratar de otra forma para que no volvieras a encerrarte en ti mismo... —Me separo y lo miro; no parece sorprendido con mi confesión—. No quería perder, por culpa de no saber llevarlo todo, lo que hemos conseguido, pero un hombre muy sabio me ha dicho que he llegado aquí siendo yo misma y que tú solo quieres que siga siendo yo. —Se tensa sabiendo que hablo de mi padre—. No le he dicho a mi padre lo que sé, no lo haría nunca si no me das permiso antes, pero él adivinó que sabía algo importante de ti y solo me aconsejó que no dejara de ser yo misma.

—Es lo que quiero. —Noto temor en sus ojos y sé que temía que cambiara.

—Es que ser yo misma es lo que mejor se me da. —Se relaja y sonríe.

Estamos muy cerca. Me muero por besarlo, acariciarlo..., y aunque mi padre me ha dicho que me deje llevar, el miedo a que Erik solo me quiera como a una amiga a la que tal vez desea me hace frenarme.

Nunca hemos hablado de amor.

Por eso le pido un beso sin que se note mucho.

—¿Ensayamos?

—Claro, tú eliges la escena.

Y lo hago, elijo una donde le doy un par de besos. Se me hacen cortos, por eso digo que no me ha salido bien y la repetimos una y otra vez, y puedo disfrutar del placer de sus besos sin que él sepa cuánto me gusta.

Capítulo 30

Erik

Busco a Summer en mi hora libre por la cafetería; suele estar allí con sus amigos entre clase y clase de la uni. Hace una semana que le conté todo. Nada ha cambiado entre los dos, salvo que ahora estamos más unidos que nunca y esto hace que la quiera más si cabe.

El problema es que esto sí lo sé ocultar, pero mi deseo no, y cada vez que la beso, supuestamente de mentira, estoy al filo de saltarme el guion y besarla y tocarla como me muero por hacer.

Nada ha conseguido que olvide las manos de mi profesora salvo ella. Cuando Summer me toca, solo la veo a ella.

Si Summer fuera una droga, estaría perdido para siempre, porque soy adicto a ella.

Me ve y me saluda. Estela le dice algo y se sonroja antes de sonreírle. A saber.

—Hola —les digo a los cuatro. Fran y María, que están discutiendo sobre algo, me miran y me saludan también.

—¿No tienes clase? —me pregunta Summer.

—No.

—Nosotros tampoco. Nos han dado dos horas libres porque ha faltado el profesor. —Summer pierde la sonrisa al mirar a un punto de la cafetería.

Vuelvo la cabeza y veo a Dalia liándose con Joel.

—Ahora lo entiendo todo —dice Estela—. No solo te tenía envidia por el papel, era porque quería a Joel.

—Que les vaya bien —dice Summer, y aunque suena a «me da igual lo que les pase», yo que la conozco sé que en verdad les desea eso.

Joel es el nuevo capitán del equipo tras mi marcha. Y aunque es bueno, no van las cosas bien en el equipo. Esto ha hecho que el entrenador me busque varias veces para pedirme que vuelva.

—La verdad es que no me extraña que le guste, tiene un culazo. Aunque no mejor que el tuyo, Erik. —Summer pone los ojos en blanco y Estela se ríe—. Vamos a dar una fiesta en mi casa...

—¿Con galletas envenenadas?

—No estaban envenenadas, solo que a Summer no le sentaron bien. ¿Te apuntas?

—Lo pensaré. Voy a pedirme algo para beber.

—Te acompaño —me dice Summer.

—No creo que le guste, en realidad —dice ya en la barra mirando a la que fue su amiga—. A ella le gusta su mejor amigo, pero no es capaz de admitirlo.

—Ella es la única que les hace daño con todo esto.

—Sí. —Nos pedimos unos cafés y vemos a Dalia mirar a la gente como si se creyera superior por estar con el capitán.

—Nunca me ha caído bien.

—¿Dalia?

—Joel. Parecía el típico niño perfecto. Nadie es perfecto.

—No, nadie lo es. Todos tenemos cientos de defectos que nos hacen únicos. Me encantan todos los tuyos, por cierto, menos que seas tan ordenado. —Sonrío—. A mí me gusta dejarlo todo donde pillo...

—No me había dado cuenta. —Se ríe y me mira con esa sonrisa bailando en sus labios.

—¿Te apetece ensayar?

—Vale. Me apetece mucho.

Nos sabemos la obra de memoria. Eso no nos priva de ensayar una y otra vez. Nos colamos en el teatro con los cafés para llevar en la mano. No hay nadie, estamos solos.

Summer mira a las gradas y sus ojos se iluminan, como siempre que está aquí. El teatro le da la vida. Le encanta actuar; si dejara de hacerlo, sería como si perdiera un brazo. Y yo empiezo a preguntarme si me pasa como a ella. He dejado a un lado el «por qué me gusta esto y no otra cosa» y estoy disfrutando.

Summer da varias vueltas sobre el escenario, como hacía de niña. En el escenario está la cama donde nuestra pareja hace el amor aun a costa de saltarse todas las normas sociales.

Voy hacia Summer y la beso, y esta vez no uso el diálogo como excusa. La beso porque quiero, porque lo deseo y me he cansado de fingir.

—Esto no está en el guion... —me dice a unos centímetros de mis labios.

—Ninguno de los besos que te he dado ha sido fingido. Incluso los que no recuerdo, Sum.

—¿Qué quieres decir?

—Que te deseo más que a nada.

—¿Solo deseo?

No la miro a los ojos, no puedo ver si ella quiere algo más; yo por ahora solo puedo desearla. No me siento capaz de ser el novio que se merece tener.

—Sí.

—El deseo se apaga...

—Y seguiremos como siempre, amigos.

Pienso que me va a rechazar hasta que se alza y entrelaza sus manos en mi cuello.

—¿Y tus pesadillas?

—Tú haces que desaparezcan. —Sonríe ampliamente antes de besarme, y esta vez sin excusas de por medio.

Sus labios se amoldan a los míos. Me pierdo en su sabor y en lo que me hace sentir acariciar los contornos de su boca con la mía.

El beso cada vez se hace más intenso. Son muchos días jugando con fuego y hoy nos está consumiendo a los dos.

La alzo. Enreda sus piernas en mi cintura. Ando a tientas hacia la cama que tantas veces hemos ocupado simulando que somos otras personas.

Por fin hemos dejado de fingir que solo actuábamos.

Nos dejamos caer sobre la cama. Nuestras piernas se enredan. Acaricio su cuerpo sobre su ropa, deseando hacerlo sin ella. Nada de esto me recuerda mi pesadilla, porque Summer es la primera mujer con la que hago el amor. Por eso con las otras mujeres que he estado me sentía peor. Solo era sexo, y eso sí me recordaba adónde me llevaron mis hormonas descontroladas.

Aun hoy me pregunto por qué no salí corriendo, y sé que no lo hice porque me costaba admitir que eso me estaba pasando a mí.

Ahora siento asco y vergüenza. Tal vez por esto segundo haya callado todos estos años.

Summer tira de mi jersey y me quedo solo con la camiseta negra. Sonríe. Sus labios están rojos por mis besos. Acaricio su mejilla y me aparto.

—Me encanta por dónde va la cosa, pero este no es lugar para dejarnos llevar más.

—Es cierto, y además tengo clase. —Acaricia mi estómago sobre la camiseta—. ¿Estás bien?

—Sí, ya te lo he dicho.

—Si hago algo que te incomoda o que te agobia..., pararé.

—No lo harás, Sum. Y ahora es mejor que nos vayamos, antes de que entre alguien.

Salimos del teatro y vamos hacia su siguiente clase. Summer se alza y me da un pequeño beso en los labios.

—Nos vemos luego.

—Iré tarde a casa, tengo trabajo con mi padre.

—Bien, ten cuidado.

Se marcha hacia la clase y antes de perderme de vista se vuelve y me saluda. Voy hacia mi clase feliz, como hace tiempo que no lo estaba, y sé que, aunque a ella le haya dicho que solo es sexo y yo no pueda ser el novio perfecto que se merece, en el fondo espero no estar muy lejos de conseguirlo.

Capítulo 31

Erik

Mi padre me explica unas cosas de la empresa.

—¿Te queda claro?

—Sí, no te preocupes, lo haré bien.

Asiente y me da una pequeña palmada en la espalda. Al mirarlo a la cara veo en sus severos ojos todas las preguntas que se muere por que le responda. No me puedo perdonar el daño que les hice ni las cosas que ellos tuvieron que pasar cuando estaba drogado y los amenazaba para conseguir más dinero. No puedo quitarme de la cabeza el dolor que vi en sus miradas.

Por eso callo. Ahora las cosas están mejor, y no sé cómo reaccionarán cuando sepan la verdad. Ya demasiado avergonzado me siento por todo como para añadir la vergüenza de admitir que fui violado por mi profesora y no tuve el valor de salir corriendo.

De haberlo hecho, nadie hubiera sufrido por mi culpa.

—¿Qué tal en la universidad? —me pregunta al

acabar, y es raro en él, normalmente espera a que le diga algo o, si no, calla.

—Bien, ¿y por tu parte? ¿Todo bien?

—¿Y por qué iba a estar mal?

—Porque nunca me preguntas cómo estoy —le respondo sincero.

—Tu madre me acusa de ser frío y voy a empezar a pensar que tiene razón.

Me entra la risa.

—Me extraña mucho que justo ahora te des cuenta de cómo eres.

—Lo sé desde hace tiempo, pero hacía años que no nos enfadábamos. —Lo miro preocupado—. Nada que no se pueda solucionar. Olvidé el aniversario de boda y que habíamos quedado para ese día. No es que lo olvidara, es que no sé en qué día vivo desde que las cosas no van bien en la empresa. —Lo miro más preocupado si cabe. Mi padre no me suele hablar de sus cosas.

—¿Por qué me cuentas esto?

—¿La verdad? —Asiento—. Porque espero que, si yo me abro a ti y dejo de tratarte como a un niño, tú hagas lo mismo.

—Han pasado seis años, dejé de ser un niño hace mucho tiempo. Estoy bien.

—No lo estás, y me he cansado de esperar. Estoy aquí, ¿vale? —Asiento, sintiendo la necesidad de irme de aquí—. Tu madre no me lo dice, pero sé que piensa que el que no nos cuentes nada es culpa mía. Que soy tan frío que te he hecho creer que no me importas... Es lo que tienen las discusiones, hijo, que de repente salen todos los trapos sucios.

—Arregladlo y dejadme a mí a un lado. Estoy bien.

—No lo creo.

—Pues haz lo que has hecho hasta ahora, dejarme tranquilo. Nada ha cambiado.

—Yo creo que sí, ahora sonríes. Ha sido por eso, Erik, estás cambiando.

—¿Y lo de mamá?

—Pues me la llevo de viaje romántico para arreglarlo. Pienso estar todo el fin de semana sin trabajar.

—Pasadlo bien. —Asiente.

Me marcho. Entro en el ascensor y me miro al espejo. Y sí, al mirarme a los ojos veo que algo estaba aniquilado en mí desde hace muchos años. La sonrisa. Y sé que si ahora mis ojos brillan con esa pizca de ilusión es por Summer. Ella me está haciendo volver a sentir cosas buenas y que las pesadillas dejen de devorar mis días.

Summer

Estoy nerviosa ante la llegada de Erik. Sé que nada ha cambiado, que solo somos amigos... que se desean; el problema es que yo no lo veo así. En mi mente él para mí ha dejado de ser solo «amigo», somos algo más, y le he puesto este nombre ante él porque es más fácil explicar el deseo que confesarle que lo quiero.

Sé que no debería, que lo pasé mal cuando me dejó..., pero en el corazón no se manda y el mío ha decidido latir como un loco y sentir solo por Erik.

No soy tan tonta de creer que podemos tener algo más y lanzarme a la piscina para decirle lo que siento. Pero sí lo soy para creer que con el tiempo esto en vez de deseo se llame amor.

Y por eso estoy nerviosa, porque tengo miedo de estar cometiendo un gran error. Otra vez me estoy arriesgando por alguien que no me da garantías de que esto pueda salir bien.

Al menos esta vez no hay engaños. Cuando se acabe la pasión que él dice sentir por mí, seguiremos como si nada hubiera pasado. Me pregunto si de verdad es posible hacerlo.

No lo creo y sé que ahí es donde empezaré a vivir una mentira, la de ser solo su amiga cuando me mata ser solo eso.

Escucho la puerta abrirse y miro hacia ella desde el sofá, donde me encuentro tratando de estudiar algo. Noto las mariposas danzar en mi estómago como locas. Me duele la tripa de los nervios. Esto es ridículo, solo es Erik. No, no solo es él, es mi Erik, como siempre lo ha sido.

Entra y me sonríe. Me quedo petrificada al ver su amplia sonrisa iluminando sus bellos ojos grises; hace tantos años que no lo veo sonreír así que me cuesta reaccionar.

—Parece que hayas visto a un fantasma —dice tras cerrar la puerta y acercarse a mí. Se agacha y me roba un tierno beso, que me descoloca aún más, pues es más un beso de amor, no de placer. ¿A qué estamos jugando?—. Hola.

—Hola, se te ve muy feliz.

—¿Sí? —no dice nada más y se va al armario que compartimos para coger su ropa—. Me voy a dar una ducha. Ahora salgo.

Asiento y me quedo donde estoy, escuchando cómo se ducha y, sí, imaginándomelo desnudo. No es que no lo haya hecho otras veces, es que antes no podía imaginar que tendría la oportunidad de acariciar su cuerpo y ahora que es una posibilidad siento mucho calor y nervios.

Escucho la puerta abrirse y sale solo con la toalla atada a la cintura. Se me seca la boca.

—Olvidé la ropa interior. —Por su tono de voz sé que miente. ¿A qué juega?

—Entonces como yo, que no llevo sujetador bajo tu sudadera. —Su gesto cambia y ahora soy yo la que lo ha dejado fuera de juego.

Parece que no se me da mal jugar a esto.

Erik se queda quieto un segundo antes de venir y tirar de mí para que me levante y atrapar mis labios entre los suyos. No esperaba esta reacción por su parte, aunque la deseaba.

El beso cada vez se hace más intenso. Me encanta cómo juega con mis labios, cómo me chupa y muerde con la presión exacta para hacerme desear no alejarme de ellos.

Acaricio con mi lengua los contornos de su boca antes de meterla dentro.

Mis manos buscan su pecho. Al tocarlo recuerdo todo lo que me contó y me quedo quieta.

—Sum. —La veo a ella haciéndole daño y no sé qué hacer para no hacérselo yo también—. Sum —me llama de nuevo, no reacciono hasta que coge mi cara entre sus manos—. Su recuerdo no está entre los dos.

—No quiero hacerte daño, no quiero traerte malos recuerdos...

—No lo haces, confía en mí.

Coge mi mano y la pone en su pecho. Está ardiendo. Lo acaricio sin dejar de mirarlo a los ojos. Esos ojos grises que me conozco tan bien.

Me pierdo en los contornos de su pecho antes de alzarme y besarlo de nuevo.

El deseo estalla entre los dos y no dejo que los malos recuerdos se cuelen entre nosotros. Prefiero pensar que, si no quiere que haga algo, me dirá que pare, y yo sí lo haré.

Un «no» siempre es un «no», por mucho que vea la evidencia de su deseo ante mí.

Erik me deja caer en el sofá y se pone sobre mí, sujetando su peso con uno de sus brazos. El otro lo mete bajo la sudadera que le he quitado hoy, y acaricia mi piel. Me remuevo haciendo que nuestros cuerpos se unan más. Sus piernas están enredadas sobre las mías y el fino pantalón de pijama que llevo no evita que sienta cómo su sexo duro acaricia la unión entre mis piernas.

He estado con otros chicos así, pero solo besos y caricias sobre la ropa. Cuando podía dar un paso más, acababa dejándolos, al no sentir ese deseo de profundizar más.

Nunca me he sentido frígida o rara, siempre he pensado que sabía lo que deseaba y lo que no, y si el lanzarme me llegaba con dieciocho años y siendo virgen, me daba igual, la verdad.

Ahora me alegro de haber experimentado esto con otros que no me hacían arder la piel de la forma en que Erik lo consigue.

Sube su mano cerca de mis pechos, acaricia su contorno y noto cómo se erizan hasta dolerme, deseosos de ser acariciados.

Me besa con más intensidad, haciéndome el amor con la boca antes de tocar uno de mis pezones, que se morían por ser acariciados.

Me vuelve loca lo que hace.

Estoy ardiendo y necesito más.

Erik se separa y tira de la sudadera, que le priva de verme desnuda de cintura para arriba. Cuando ya no la tengo se queda quieto mirándome. La forma en que me observa es tan intensa que es como si me estuviera tocando en donde centra la vista.

Sube una mano hasta mis pechos y los toca con dulzura antes de hacerlo con deseo. Noto cómo los pezones se me erizan hasta dolerme bajo sus dedos.

Me muevo buscado el contacto de su cuerpo.

Busca de nuevo mi boca. Su pecho desnudo toca el mío y la sensación me roba un gemido.

Nos besamos sin dejar de movernos, llevándonos con este contoneo cerca de la locura.

Acerca su mano al elástico de mi pantalón del pijama. Veo duda en sus ojos.

—Alguna vez tú... —empieza a preguntar y se calla. Sonrío.

—Me gustaría decirte que soy supervirgen y nunca he experimentado lo que podría sentir..., pero te mentiría.

—Es bueno conocerse, no es solo cosa de hombres explorarse.

—Ya..., pero tú lo puedes reconocer sin sentir que haces algo malo.

—Y si a ti te hubiera pasado lo que a mí, la gente diría «pobrecita», y conmigo, que soy un blando, que es muy difícil violar a un hombre... No es momento de hablar de esto. —Se sienta.

Me siento sobre él.

—¿Sientes vergüenza? —Asiente—. ¿Por eso callas?

—¿Cómo explicar que te forzó cuando tú estabas

duro como una piedra y no echaste a correr? No sabes cuántas veces he soñado que salía corriendo.

—Ahora estás duro como una piedra —le digo notando su miembro bajo mi sexo—. Y no te voy a forzar solo por eso a hacer nada. —Me sonríe y beso su sonrisa—. Yo dejo de sentir vergüenza por reconocer que me he tocado y tú por algo que no querías hacer.

—Lo intentaré.

Se mueve y su sexo golpea el mío y me recuerda dónde estábamos antes de esta conversación, que dejo para analizar más tarde.

Me tumba de nuevo en el sofá y al hacerlo la toalla se le cae. Llevo mis manos a su trasero. Es duro y firme. Me encanta.

Erik sigue donde estaba y mete su mano dentro de mi pantalón hasta llegar a mi mojado sexo y acariciarlo con sus dedos. Me toca mientras gimo en su boca y me retuerzo de placer. Esto es mucho más intenso de lo que alguna vez imaginé.

Pasea sus dedos por mi sexo con la presión justa antes de buscar la entrada y meterlos dentro.

Me remuevo, me agito presa de este placer.

Erik baja su cabeza a mis pechos y los besa, al tiempo que entra y sale de mi cuerpo con sus dedos.

Noto cómo el orgasmo se acerca y me dejo ir.

Grito de placer entre sus brazos. Me abraza con fuerza mientras los espasmos remiten y me río feliz por la experiencia.

Ahora le toca a él.

Me separo y lo observo completamente desnudo. Es perfecto, no tiene un gramo de grasa y está muy bien dotado. Lo miro a los ojos antes de acariciar su miembro y lo hago sin dejar de contemplarlo.

—Si quieres que pare, me lo dices. —Asiente con una sonrisa en sus labios.

Subo y bajo mi mano. Busco su boca y ahora soy yo la que le hace el amor con mis manos y mis labios. Me pregunto si alguna vez Erik ha hecho el amor o para él solo ha sido sexo lo que ha habido en su vida. No lo sé, pero, aunque no se lo diga, es eso lo que hago.

Nunca le he hecho esto a un hombre, me guío por lo que sé y por mi instinto.

Muevo mi mano hasta que Erik se deja ir y se corre, haciendo que mis besos se lleven sus gemidos. Al acabar coge entre sus manos mi cara y me mira con una intensidad y de una forma en que no lo había hecho nunca.

—Gracias...

—Creo que no es lo que se dice tras esto... —Sonríe.

—No me dejas acabar. —Esta vez me callo—. Gracias por demostrarme lo que es sentir placer con alguien a quien de verdad —se calla y me muero por que diga «amas»— deseas.

Sonrío, aunque me sienta triste, y me recuerdo a mí misma que aquí no hay engaños, no estamos actuando y los dos sabemos, como adultos, que esto es solo sexo.

No le respondo. Lo beso mientras lo abrazo, sintiéndome más unida que nunca a él.

Voy a sufrir mucho cuando todo esto acabe.

Capítulo 32

Erik

Salgo del aseo con el pijama puesto. Summer está en la cama y me hace una seña para que vaya hacia ella. Antes de llegar abre las sábanas y se mueve con el claro mensaje de que duerma con ella.

—Después de lo que hemos hecho, es tontería que duermas en el sofá... ¿No crees?

Veo duda en sus ojos y miedo al rechazo. Sonrío y entro en la cama con ella. En cuanto lo hago, la acerco a mí y me abraza, como dos enamorados, y no solo como dos amantes. Me cuesta recordar a veces que esto no es amor y que tampoco quiero que lo sea por parte de ella.

Su cuerpo se amolda al mío. Tengo grabada a fuego en mi memoria cada una de sus curvas y más tras la ducha que nos hemos dado juntos, pues entre risas, besos y caricias hemos explorado mejor el cuerpo del otro.

Es preciosa.

Apago la luz de la mesilla de noche y nos quedamos a oscuras.

—¿En qué piensas? —me dice pasado un rato.

—¿La verdad?

—Claro.

—En que no la deseaba de verdad. —No hace falta que diga a quién para que ella lo entienda, y no quiero mencionarla en alto—. Creo que el que a mis compañeros les gustara me hizo creer que la deseaba. Y tener las hormonas en ebullición. Quiero creer que ahora mismo no me pasaría nada de eso.

—Si te pasara, no serías menos hombre, Erik. Ni más tonto, ni deberías avergonzarte de ello.

—Es mejor dejarlo...

—No, no lo creo así. Siempre nos acusan de que lo tenemos todo fácil por tener dinero. Que a los ricos no nos duelen igual las cosas porque, oye, tenemos cientos de cosas que podemos comprar con dinero, pero la realidad es que las cosas duelen igual, aunque sí es cierto que tenemos dinero... Deberías contratar a tu tía Katt como abogada y denunciarla por todos esos jóvenes de los que estoy segura que habrá abusado y no dicen ni hacen nada por falta de medios y, como te pasa a ti, por vergüenza.

—No voy a hacerlo. —Corto la conversación y salgo de la cama.

Me sigue a la cocina, donde me sirve agua.

—¿Te gustaría que esa mujer hiciera daño a alguno de nuestros amigos más pequeños? —Me tenso—. Pues, si no la denuncias, si no te aprovechas del poder de tus padres y das voz a la gente que calla porque siempre será su palabra contra la tuya y todos sabemos que con un buen abogado todo es más fácil, estarás dejando que siga libre, torturando a más niños como tú.

—No quiero hablar de esto, Summer —le digo casi sin voz.

Me abraza.

—Estoy de tu parte, hagas lo que hagas, solo piénsalo. Porque sé que, hasta que no te abras y cuentes la verdad, no podrás ser libre. Que te avergüences de lo que pasó me da la razón. Solo cuando lo digas aceptarás que no fue culpa tuya y que el que seas hombre no te hace librarte de este tipo de vejaciones.

La miro angustiado. La posibilidad de contar esto a mis padres me asfixia.

—No lo voy a hacer. Ahora, si quieres, sigue siendo mi amiga o márchate...

—No te pongas idiota conmigo —me dice retadora—. Ese día no fuiste un cobarde, Erik, solo un niño asustado que no entendía nada y no se podía creer que fuera cierto. Ahora, callando, es cuando lo eres. Y ahora, vamos a la cama. Tengo sueño.

Se va hacia la cama y me mira a la espera de que la siga. Lo hago molesto, sabiendo que tiene razón y que ni aun así pienso decir nada. No quiero hablar de ese día, solo quiero olvidarlo.

Me meto en la cama y le doy la espalda. Summer se las apaña para subir, pasar sobre mí hasta donde está mi cara y quedarse en el borde del colchón para abrazarme y que no le dé la espalda. La cojo y nos pongo en el centro.

—No siempre puedes salirte con la tuya.

—Lo sé. Te perdí.

No añade más, yo tampoco. No puedo decirle que siempre he sido y seré suyo.

Capítulo 33

Erik

Summer va corriendo por la casa. Llega tarde a clase, nos hemos dormido.

—¡No sé cómo puedes estar tan tranquilo!

—Me pueden dejar los apuntes.

—A mí me gusta ir a clase y no perderme nada.

—Pues te toca correr. —Me mira con mala cara. Yo estoy apoyado en la encimera de la cocina tomando un café tranquilamente. Cuando lo tiene todo va hacia la puerta. Dejo mi taza y voy hacia ella—. Te llevo, así no llegarás tarde.

—Lo podías haber dicho antes...

—No quería perderme el espectáculo.

—Eres tonto —dice tratando de parecer enfadada.

La beso porque sí y recojo mis cosas.

—Yo también pienso besarte cuando me dé la gana y donde me dé la gana.

—Hazlo, a nadie le importa lo que haga en mi vida.

Nos vamos hacia donde he aparcado mi coche. De

camino vemos a Joel y a Dalia salir de la mano de la casa de esta. Dalia mira a Summer con superioridad y esta la saluda con una sonrisa, dejando claro que le importa bien poco lo que piense.

Summer siempre ha sido así. De niña no era como el resto. Le gustaba leer o jugar sola, y era feliz. No hacía nada por adaptarse si la gente no la quería a su lado. Fiel a lo que sentía y a sus ideales. Eso me gustaba de ella, y me gusta más que los años no la hayan hecho cambiar.

La acompaño a su clase tras aparcar el coche. Una vez en la puerta duda un instante antes de alzarse y besarme.

—¡Nos vemos luego! —me grita perdiéndose entre sus compañeros.

Me voy hacia mi clase, o esa era mi idea antes de que alguien me llamara.

—¡Erik! —Me vuelvo, es mi antiguo entrenador—. Quería hablar contigo. Ha sido una suerte encontrarte aquí.

—No voy a dejar el teatro, si es lo que quieres volver a preguntarme —le digo ya algo molesto porque no entienda que he elegido y no he dado prioridad al fútbol.

—Lo sé, pero quiero que sepas que estoy haciendo lo posible para que vuelvas a jugar.

—No sé por qué te tomas tantas molestias.

—¿De verdad no lo sabes? El equipo va de pena.

—Siguen siendo los mismos que había cuando ganábamos...

—Pero les falta un buen líder, alguien que sepa sacar lo mejor de ellos mismos.

—Y yo que creía que esa era la tarea del entrenador. —Empiezo a irme.

—Erik —me detengo—, aunque digan que te odian, en el fondo lo que odian es no ser como tú.

—¿Por tener dinero? El dinero no lo es todo.

—No, por la fuerza que transmites. —Ahora sí que me entra la risa.

—No es fuerza lo que ves.

—Lo que sea, Erik, la gente te sigue y ellos, aun protestando, lo hacían. Ahora parecen pavos sin cabeza. Joel no sabe dirigir un equipo, solo piensa en liarse con unas y con otras.

—Que yo sepa tiene novia.

—Ya, de cara a la galería. Ese niño bonito a mí nunca me engañó. Voy a hacer que vuelvas. Ya lo verás.

—No me quiero dedicar a esto...

—Me dijiste que te hace feliz. Y a mí me hace feliz ganar y que mi sueldo como entrenador no dependa de esa panda de idiotas que no valoran nada. Me ha costado mucho llegar aquí y no pienso perder mi puesto en esta universidad.

Se aleja. En eso no había pensado. Si el equipo va mal, al primero al que se cargarán será al entrenador, pensando que con otro todo irá mejor de repente.

Me siento un egoísta por no haber pensado en ello y siento que el peso que me ha dejado al mencionarlo hace mella en mí.

Llevo demasiados sacos de remordimientos a cuestas y uno más me deja noqueado más de lo que debería.

Summer

Llamo a Esme en un descanso de clase mientras me tomo un café con mis amigos tirada en el césped. No me lo coge. Últimamente nunca coincidimos; cuando yo la llamo ella no puede y viceversa. Me encantaría contarle lo mío con Erik, pero temo que solo me dé razones para no estar con él. O que ponga voz a lo que yo ya sé: que cuando esto termine lo voy a pasar muy mal.

—¿Dónde estás? —me dice María.

—Aquí —respondo.

—Mientes —dice Estela—. Ya nos lo contarás.

Estela se echa hacia atrás y se queda tumbada. Va toda de negro y con el calor que está haciendo hoy, pese a ser otoño, debe de estar asándose.

—Por cierto —dice María levantando la vista de la aplicación que se ha descargado para buscar ligues—, este viernes tenemos fiesta en casa. Si vienes, cuidado con las galletas —bromea.

—Tendré tanto cuidado que, si voy, no las pienso ni oler.

Se ríen las dos. Cuando se enteraron se preocuparon mucho.

Me suena el móvil, lo miro y al ver que es Esme me levanto para alejarme un poco, feliz de poder hablar con mi amiga.

—Estaba en clase —me dice a modo de saludo—. Qué ganas tenía de poder hablar contigo.

—Y yo, esto de tener tantas cosas que hacer nos está pasando factura.

—Es un asco esto de hacerse mayor..., o no, porque tiene muchas cosas buenas. —Por la forma de decirlo sé que esas cosas buenas son los chicos.

—Tenemos que ponernos al día de muchas cosas.

—Sí, te echo de menos y he pensado que este fin de semana podría ir allí... Vamos, si tú quieres.

—¡Claro que quiero! —le respondo presa de la emoción de estar juntas sin pararme a pensar dónde y con quién vivo—. Claro...

Esta vez ya no lo digo tan animada, más bien estoy pensando cómo salir de este lío. No sé cómo contarle lo de que vivo con Erik sin entrar en todos los detalles. Y temo que se pase el fin de semana enumerándome las razones por las que esto es un gran error.

—Genial, te digo cuándo llego el viernes. ¡Lo estoy deseando!

—Y yo —le digo, tratando de parecer superemocionada. Recojo mis cosas—. Nos vemos luego —les digo a mis amigas antes de ir a buscar a Erik para contarle el lío en el que me he metido yo solita.

Llego a su pabellón y lo busco por los pasillos sin éxito. Recuerdo qué clase tenía ahora y voy hacia el aula. Al llegar veo que está la puerta abierta, síntoma de que aún no han empezado. Entro y lo veo hablando con un joven de su edad. Me acerco hacia él mientras veo cómo anota algo en un papel. Al hacerlo me fijo en sus manos y no puedo evitar recordar cómo anoche me recorrieron entera acariciando cada parte de mi cuerpo como si me tocara el alma.

Siento calor, y no es el mejor momento para sentirlo.

Al llegar hasta él su compañero se percata de mi presencia y me mira con una sonrisa. Erik se vuelve para ver qué ha llamado su atención y me ve.

—Hola. ¿Puedo hablar contigo un segundo?

—Claro. —Pasa su mano por mi cintura y vamos fuera.

Me encanta el detalle y me hace pensar si este gesto, más propio de parejas, entra en la parte de amigos o de sexo.

Se detiene fuera. Su mano sigue en mi cintura y ahora mismo me gusta tanto que esté ahí que creo que si la quita la pondré de nuevo donde estaba.

—He hablado con Esme y me ha dicho que viene este fin de semana a casa... —Me quedo callada.

—Y no sabe que vivimos juntos.

—No se lo he dicho a nadie, no sé cómo explicarlo...

—Sin que te digan que cometes un error.

—Me da igual lo que me digan.

—No te da igual, si no, se lo hubieras dicho, Sum. —Aparta su mano y el instante es tan tenso que no hago amago de cogerla—. No te preocupes, no se dará cuenta de que vives conmigo. Pensará que vives sola.

—¿Y tú qué vas a hacer?

—No te preocupes por mí —me dice, y mira a su profesor entrar en la clase—. Nos vemos luego.

Se marcha sin beso y sin ningún gesto de cariño por su parte. Yo me siento la peor persona del mundo por eso. La cuestión es que no sé cómo contar que vivo con Erik sin confesar que lo sigo queriendo. No estoy preparada para que me digan que cometo un error cuando yo siento que, de ser un error, es el mejor de mi vida.

Pero necesito mi tiempo para hacer las cosas con Erik a mi ritmo sin nadie que me recuerde todo lo que puede salir mal.

El problema es que no puedo explicarle a Erik todo esto sin decirle que si callo es porque sigo enamorada de él y no quiero que nadie se meta en lo que estamos viviendo, porque sí, soy tan tonta de creer que esto no es solo sexo y puede ser algo más.

Capítulo 34

Summer

Espero a Esme en la calle, cerca del portal de mi casa. Me ha llamado para decirme que estaba llegando. De Erik no sé nada desde ayer, que lo vi en el ensayo, y esta semana ha venido tan tarde a casa que, aunque he tratado de esperarlo, acababa dormida. Le he escrito para preguntarle si todo está bien y siempre me dice que genial. Ayer, en el ensayo, antes de irse me dijo que todo estaba bien, que no me preocupara. Eso sí, se fue en seguida y llegó muy tarde.

Veo el coche de Esme, el que le regalaron sus padres en su dieciocho cumpleaños. Es de segunda mano, porque era el que usaba su padre hasta entonces. A ella le dio igual y en seguida le metió detalles suyos. Hasta tiene cojines de pelo rosa en la parte trasera.

Me ve y me saluda antes de aparcar. Voy hacia ella viendo cómo realiza las maniobras a la perfección.

—Qué ganas tenía de estar aquí —dice saliendo y arrollándome con un abrazo.

La abrazo con la misma fuerza.

—Cómo me alegra tenerte aquí.

—Espero que me hayas preparado un gran fin de semana, estoy deseando ver por dónde te mueves y con quién. Y, cómo no, a los tíos buenos que haya por aquí.

—Nunca cambiarás. —Se ríe.

—Nunca, y ahora ayúdame con la maleta.

Cogemos sus cosas y subimos a mi piso. Al entrar sé que no encontrará nada de Erik, porque, sin saber cómo, él ha hecho desaparecer todas sus cosas hoy. Me pregunto dónde estará. Lo he echado de su casa. Me siento la peor amiga del mundo, tanto con Erik como con Esme.

—Me encanta, pero pensé que vivías con la prima de Daura...

—Ya, bueno, me echó de su casa y tuve suerte de encontrar este lugar.

—Mejor, así no tienes que compartir piso, yo estoy harta de compartir el mío. —Asiento.

Guardamos sus cosas y preparamos algo para merendar. Tengo muchas cosas que contarle, pero no sé por dónde empezar. Esto hace que nos quedemos calladas. Es muy raro entre nosotras. Nos miramos y sonreímos, pero no es lo mismo.

Le hablo de mis clases de teatro y los ensayos, me escucha, pero no lo entiende como cuando hablo con Estela y María. Esme me habla de sus clases y me pasa igual. No sé cómo empatizar con ella cuando nos separan carreras tan distintas. Ella está estudiando Bellas Artes, y antes no nos parecía algo tan distinto.

Al final me habla de sus amigas y me dice algo que casi me hace escupir el té de la boca.

—¿Te has metido a animadora? —Asiente—. Odias a las animadoras.

—Ya, por eso lo hago. Me dijeron que no sería capaz de mover un puñetero pompón con gracia..., y ya sabes cómo reacciono ante los retos.

Me entra la risa de imaginarla. Me da un cojinazo, le doy otro y por un segundo todo es como antes.

—Erik es el protagonista de la obra —le digo no pudiendo callar tantos secretos y sintiendo que es eso lo que nos separa y no el que ya no estudiemos en la misma clase.

—¿De verdad? —Asiento—. No me imagino a Erik con mallas...

—La obra es de época, pero no tan antigua. —Se ríe.

—Aunque debe de ser un espectáculo ver su cuerpo enfundado en ellas. Proponle al profesor que las lleve.

—No voy a hacerlo.

—Mejor, Erik y tú, solo compañeros de teatro.

—Somos amigos desde hace tiempo.

—¿Solo amigos? —indaga, y asiento, es la verdad—. Mejor, Summer, porque como te vuelva a hacer daño, te juro que le corto los huevitos y me hago un llavero para el coche con ellos.

Me entra la risa y al final nos reímos juntas. La tensión ha pasado, hemos sabido encontrar, pese a nuestras diferencias, la conexión que hay entre las dos.

No sé las veces que le he dicho a Esme, mientras se arreglaba, que vamos a una fiesta informal en casa de mis amigas. No me ha hecho caso. Lleva un vestido ajustado verde oscuro con unos taconazos que yo no me pondría ni pagándome. Se ha pintado los labios de rojo y está arrolladora. Estoy deseando ver la cara que pondrá cuando sepa el tipo de fiesta al que la llevo.

Ni se lo imagina.

Yo, por mi parte, voy en vaqueros, con unas botas de tacón tobilleras y una camiseta azul de media manga. Nada del otro mundo.

Llegamos a la fiesta, llamo a la puerta y Esme lo mira todo con los ojos a punto de salírsele de las órbitas.

—Hola, chicas, pasad —nos anima Fran.

Entramos. Esme se queda algo rezagada mientras se quita el abrigo. Yo hago lo mismo, sabiendo que no tardará mucho en decirme lo que piensa.

—¿Te has dado cuenta de que estamos en una fiesta friqui?

—¿En serio? ¡No me digas! —bromeo—. Son mis amigos.

—Si seguro que son majos...

—Lo son, pero te aconsejo que no pruebes las galletas ni los bizcochos.

—Me imagino por qué. Aunque tranquila, si vieras cómo fuman porros los del equipo de fútbol...

—Y son unos friquis del deporte. Todos somos friquis, en realidad. Nos entregamos a lo que nos gusta de manera obsesiva, y raras somos un rato.

—Eso sí. Vamos a pasarlo bien, ha llegado el alma de la fiesta.

Esme entra y se presenta como si todos estuvieran deseando verla. Y, como le pasa siempre, en seguida se lleva bien con todos. Tal vez viéndola así vestida no encaje entre tanta camiseta negra, pero, como le he dicho, todos somos iguales, nos guste lo que nos guste.

Al final lo pasamos bien. Esme se ha quitado los

tacones y lleva unas zapatillas de estar por casa de María que son de un famoso personaje televisivo que parece un oso enorme de peluche. Estamos jugando a un juego que consiste en coger un tótem del centro y no clavarles las uñas a los demás. Esme se ha quitado las uñas postizas para sorpresa de todos y las ha guardado en su bolso.

Así es ella.

—Son muy majos —me dice ya en la cama que compartimos con los pijamas puestos.

—Lo son, sí. Al principio traté de encajar con Dalia y sus amigas. No las soportaba. Dalia me llamó calientabraguetas por no sentir lo mismo que Joel por mí.

—Menuda zorra.

—Ahora están juntos, aunque yo creía que quien le gustaba era su amigo. Está claro que me equivoqué.

—Entonces te tenía unos celos enormes. Menuda pájara.

—María, Estela y Fran desde el principio me trataron con buenas palabras en clase. Al final terminé sentándome cerca de ellos y acabamos siendo amigos.

—Son muy buena gente, aunque no tan buenos como yo en atrapar el tótem ese. —Se ríe. Les ha ganado a todos.

—Mañana haremos otro plan donde puedas lucir tus modelitos.

—Los he lucido esta noche y, además, cuando dejas de mirar las pintas que llevan algunos, ves su punto sexi. —Me río—. Estoy agotada. Mañana más.

—Sí.

Apago la luz y me doy la vuelta en la cama. No huele a Erik, en parte porque en toda esta semana tampoco ha dormido conmigo. Eso no evita que recuerde lo que sentí la única noche que compartimos juntos y me haga preguntarme si ya ha acabado el deseo. Si no hay más.

De ser así, no sé si podría ser ahora mismo solo su amiga.

Capítulo 35

Summer

Esta vez las dos nos ponemos «supermonísimas» para salir de fiesta, así lo ha dicho Esme. Estela y María se han apuntado y hemos acabado las cuatro en mi minipiso, vistiéndonos y maquillándonos tras cenar unas pizzas que hemos pedido. Ellas en su estilo y nosotras en el nuestro. He tenido que avisar a Estela y María de que Esme no sabía con quién vivía, para que no se les escapara.

Esme ha insistido en que me pusiera un vestido suyo azul marino. Tiene más pecho que yo y he acabado con papel del váter en el sujetador. No sé cómo me he dejado convencer. Yo estoy orgullosa de mi talla de sujetador, pero he de admitir que el vestido es precioso y estoy encantada con él.

Llegamos al *pub* preferido por los estudiantes, aunque hay todo tipo de gente, sobre todo babosos de casi cincuenta años que se creen que tienen veinte por haberse quedado anclados mentalmente en la adolescencia.

Nos pedimos algo para beber tras dejar nuestros

abrigos en el ropero y buscamos una mesa donde poder estar. Encontramos una cerca de la pista de baile. Lo cual es ideal, porque así puedes bailar cerca de donde has dejado las cosas. Lo malo es que para hablar tienes que pegarte al oído de tu interlocutor.

Esme tira de mí para bailar juntas. Lo hacemos entre risas y bailes tontos de esos que más que sexis son antimorbo. Nos entra la risa por ello. Y aun así se nos acercan un par de tíos. Uno de ellos trata de poner sus manos en mi cintura, pero me aparto.

Esme le sigue el juego un poco hasta que le dice que lo siente, pero que no es para nada su tipo. Se alejan. Esme me coge y mira hacia la barra.

—La verdad es que Erik no deja de mejorar con los años.

—¿A qué viene eso? —le pregunto sin entender su comentario justo ahora.

—A que está ahí en la barra con unos amigos.

Me vuelvo, más sorprendida de saber que está con amigos que de que esté aquí.

Efectivamente, Erik está con unos amigos. Uno de ellos es su compañero de clase con el que lo vi hablando el otro día. Erik habla de ellos sin esa aura de «no me toques que me cabreas». Parecen amigos de verdad y me sorprende, porque hasta ahora creía que Erik no se llevaba bien con nadie.

No tengo ni idea de dónde se está quedando ni con quién y pensaba que se había ido a pasar el fin de semana con sus padres, pero parece ser que no.

—¿Y esa cara de mosqueo?

—No tengo cara de mosqueo.

Me voy con Esme hacia una zona más alejada de la música.

—Sé que Erik y tú vivís juntos. —La miro asombrada y trato de negarlo, pero me pone un dedo en la boca—. Sabía por mi madre que Erik vivía en un ático en tu residencia. Cuando he sabido que tú vivías en uno me ha dado por pensar que cuando Dalia te echó, él te acogió. Por eso he estado registrando un poco la casa y he encontrado un par de maletas en lo alto del armario con las cosas de Erik.

—En serio, me das miedo. Ni siquiera yo sabía que sus cosas estaban ahí.

Se ríe.

—¿Por qué no me lo has contado?

—Para evitar que me recitaras todas las razones para no hacerlo.

—Te diga lo que te diga vas a hacer lo que te dé la gana. Siempre has sido de ideas fijas.

—¿No estás enfadada?

—Solo preocupada por ti. Sé que no has conseguido olvidarlo nunca. Y ahora vivís juntos. La tentación está ahí todos los días y seguro que lo has visto medio desnudo... —No sé qué ve en mi cara que pega un grito—. ¡¿Te lo has tirado?!

—¡No seas bruta! —Se ríe.

—Di. Porque tu cara te delata siempre.

—No nos hemos acostado...

—Pero ha habido cositas guarras.

—¡Dios, eres imposible! Solo somos amigos especiales...

—Ya, claro, y tú no te mueres porque eso sea el comienzo de algo.

—Voy a luchar por él —le digo más claro de lo que lo he tenido nunca.

—¿Te ha contado su secreto, lo que le pasó? —Asiento—. Entonces vas por el buen camino. Y si sale mal, yo estaré aquí para que nos hinchemos a dulces.

Nos abrazamos y siento un gran alivio por no tener secretos con mi mejor amiga. Y aún más por tener su apoyo. Era importante para mí.

—Y ahora, vamos a saludarlo y que me invite a algo.

Les decimos a María y Estela adónde vamos y se apuntan. No puedo dejar de mirar a Erik mientras nos acercamos. Lleva un pantalón vaquero oscuro y una camisa blanca arremangada hasta los codos. Está impresionante y me muero por besarlo desde hace días. Por mucho que lo besara en el ensayo, no es lo mismo. Me gusta hacerlo cuando sé que no es parte de una obra.

Erik nos ve cuando estamos a punto de llegar a su lado. Me sonríe y eso me da el empujón que necesito para, al llegar a su lado, alzarme y darle un ligero beso en los labios.

Erik pone sus manos en mi cintura y con una sonrisa en los labios me dice al oído:

—Presiento que Esme lo sabe todo.

—Es lo que tiene dejar las maletas llenas con tus cosas en el armario.

—Menuda cotilla —dice, dejando claro que no le importa que nos haya pillado.

Se separa y Esme lo saluda, dándole dos besos. Erik no aparta su mano de mi cintura y es algo que me encanta. Estela y María se han presentado a los tres amigos de Erik y, cuando tiene ocasión, me los presenta. Son compañeros de clase.

Nos pedimos algo para beber y regresamos a la mesa que teníamos, que sigue libre, ya con ellos. Tiro de Erik hacia la pista para que baile conmigo y paso mis manos por su cuello.

—¿Te has operado los pechos o te han crecido de repente? —me dice con tono bromista.

—Qué gracioso, es papel del váter. No sabía que te fijaras tanto en esas cosas...

—Ni yo que quisieras tener más pecho.

—No quiero más. Es más, me encantan mis tetas.

—Te aseguro que a mí también, y mucho. —Lo miro asombrada—. ¿Y entonces?

—Esme tiene más pecho que yo, era la única forma de poder lucir este precioso vestido.

—Estás muy guapa.

—Y tú muy raro. Y más si tenemos en cuenta que llevas una semana pasando de mí.

—He estado ocupado.

—Te molestó que le ocultara a Esme lo nuestro —adivino.

—Un poco. Le cuentas todo lo que es importante para ti —admite.

—Ella sabe que somos amigos. ¿Ha cambiado algo entre los dos? —le digo con la esperanza de que diga que sí, que por eso se molestó.

Aparta la mirada.

—No es por eso, te avergonzabas de vivir conmigo.

—No lo hago.

No digo nada. Yo pensaba que se había molestado por no contarle que estábamos liados, pero no era eso, es por lo de vivir juntos. Es complicado explicarle por qué no lo hice sin explicarle que es porque lo quiero.

—¿Todo bien? —le pregunto.

—Claro.

Está a punto de besarme cuando notamos que algo cambia en el ambiente. Erik se tensa y tira de mí hacia la mesa. De camino coge de la mano a Esme, que hablaba con un chico. Lo mira enfadada hasta que detrás de él ve algo que le hace agrandar los ojos. Me vuelvo y veo a los del equipo de fútbol peleándose. Entre ellos Joel, claro.

La música se para cuando la pelea se vuelve más violenta. Nos vamos del local y, antes de hacerlo, veo cómo agreden a Joel en la pierna, y por su grito de dolor intuyo que no va a ser algo leve.

Salimos a la calle tras coger los abrigos al tiempo que entra la policía, a la que supongo habrá llamado el dueño. No nos quedamos a ver qué pasa con los jugadores de fútbol y empezamos a andar sin rumbo fijo.

—Siempre están igual —le digo a Erik.

—Eran los jugadores a los que se enfrentan mañana —me aclara—. Han venido a buscar esto.

—¿Por qué noto que te sientes culpable?

—No es la primera vez que esto pasa, pero hasta ahora yo mediaba para que no llegara tan lejos...

—No es culpa tuya, Erik.

—Lo sé, pero el entrenador va a comerse otra vez un marrón por culpa de estos idiotas y será al primero que despidan si las cosas van a peor.

Noto que se echa la culpa de esa situación. Tal vez no quería dedicarse al fútbol de manera profesional, pero sí siente que los ha dejado tirados.

—Ellos te forzaron a tomar una decisión.

—Lo sé, no te preocupes.

—Chicos, nosotras nos vamos a casa —dice Estela, refiriéndose a ella y María.

—Nosotros también —añade el compañero de Erik—. ¿Y tú?

Erik asiente y se quedan a un lado tras despedirse de nosotras. María y Estela se van.

—¿Estás durmiendo en su casa? —Asiente—. Pasas de no tener amigos a tener la confianza de quedarte con ellos, y luego te molesta que no le dijera a Esme que vivía contigo... Ahora soy yo la que piensa que me ocultas muchas cosas, Erik.

—Mañana hablamos, ¿vale?

—Puedes hablar delante de mí, no me importa —añade Esme—. Y también puedes dormir en tu casa, eso sí, en el sofá, la cama esta noche es mía.

—Iré mañana. Pasadlo bien.

Erik duda antes de irse; veo el deseo de besarme en sus ojos. Al final no lo hace, solo me acaricia la mejilla de manera cariñosa y le da dos besos a Esme para despedirse de ella y desearle buen viaje de vuelta.

—Tenía ganas de besarte.

—Lo sé.

—Debería dejarse llevar. Se nota que le gustas.

—Es complicado.

—Tú lo lograrás. Lo sé.

Asiento y de verdad espero lograrlo. Siento que lo que me separa de Erik no es que no me quiera, es su pasado.

Capítulo 36

Summer

Esme hace rato que se ha ido y ahora estoy esperando a Erik. He sacado sus cosas de la maleta y las estoy devolviendo a su lugar. Las tuvo que guardar por mi culpa, es lo menos que puedo hacer por él, y además así se me pasa antes el tiempo.

Escucho la puerta de la casa casi cuando estoy acabando. Voy hacia él cuando entra. Lleva una mochila al hombro y va en vaqueros, con una sudadera. Yo también llevo una de sus sudaderas y nada más; han puesto la calefacción y así voy perfecta.

—Me vas a dejar marcas de tus pechos en todas las sudaderas, y más ahora que usas relleno —bromea, lo que me hace ver que está contento.

—Hoy no llevo nada, solo la realidad. —Su mirada cambia y noto cómo se oscurece. Pongo una mano en su pecho—. Tenemos que hablar.

—Esas palabras nunca indican nada bueno —me dice tenso yendo hacia el armario.

—Solo quiero hablar de por qué no me contaste que tenías amigos y por qué has estado tan raro esta semana pasada.

Noto alivio en la mirada de Erik y siento que, si le hubiera propuesto acabar lo nuestro, no le hubiera gustado. Eso me da fuerzas para seguir luchando por un «nosotros».

Se sienta en la cama, donde yo acabo de hacerlo.

—Te dije que la gente daba por hecho que no necesitaba a nadie. —Asiento—. Con Eliot, Jorge y August siempre he tenido buen rollo en clase. Hemos compartido apuntes, pero cuando me proponían quedar para tomar algo yo siempre decía que no. Desde hace poco tiempo hablo más con ellos y he quedado alguna vez. Se enteraron, tras irte de mi clase, de que no tenía adónde ir y, aunque mi idea era irme a un hotel, insistieron para que me quedara en su sofá.

—Bien, y a la otra cuestión...

—No estoy huyendo de ti...

—Si vas a mentirme, mejor te callas.

—Vale, estaba molesto por que no se lo dijeras a Esme y tuviera que ir con mentiras con tu mejor amiga. Ya te lo dije antes.

—¿Solo eso? —Siento que hay más y también que, si lo presiono, se va a cerrar en banda. Asiente—. Bien, pues ahora dime por qué ayer no me besaste al irte, tal como deseabas.

—¿Me vas a someter a un interrogatorio? —Asiento—. Entonces mejor hallo la forma de callarte, como por ejemplo dándote ese beso que anoche te negué.

Y lo hace. Me besa como si no hubiera un mañana, con una pasión que me enciende tras el primer contacto.

Me siento arder y solo nos estamos besando.

Mete sus manos en mi pelo para mover mi cabeza y tener mejor acceso a mis labios. Me besa de manera arrolladora, haciendo que termine gimiendo entre sus labios.

Nos vamos hacia atrás en la cama con las sábanas recién puestas.

Nuestras piernas se enredan. Yo solo llevo la sudadera y noto cómo se me levanta, mostrando mi ropa interior. Erik se aparta lo justo para quitarme la sudadera y comprobar, como le insinué, que no llevo sujetador.

—Te he echado de menos —dice contemplándome.

—Por tu culpa.

—Soy un tonto.

—No lo sabes tú bien. —Tiro de su ropa para que se la quite.

Lo hace él solo, hasta quedarse con los bóxers negros que lleva. Me mira desde fuera de la cama y sus labios se curvan con picardía por lo que está tramando. Me quedo desconcertada cuando tira de mis piernas hasta sacarlas fuera de la cama y dejarme el culo al borde de esta.

—¿Qué vas a hacer?

—Siempre puedes negarte...

—Lo haría si supiera qué vas a hacer.

—Lo vas a ver. —Su voz está ronca por el deseo y eso hace que me encienda más.

Se arrodilla ante mí y ahora sí lo miro descolocada. Imagino cientos de cosas y una de ellas se confirma cuando tira de mis braguitas y me deja expuesta ante él.

Se acerca a mí y me da pequeños besos en el interior de los muslos mientras su mano me acaricia hasta llegar a mi sexo para explorarlo. Lleva sus dedos a mi interior y los mete al tiempo que su lengua me da un beso en el clítoris. Doy un respingo sobre la cama por la impresión.

Es todo demasiado intenso.

—¿Me detengo?

—Solo si tú quieres...

—Entonces no lo haré —tras decir esto Erik coge una de mis manos y la lleva hasta mis pechos y me acaricia usando mi mano—. Tócate como si fuera mi mano.

Lo hago, al tiempo que noto cómo su morena cabeza se pierde entre mis muslos. No tardo en notar su lengua jugar con mi sexo mientras sus dedos entran y salen de mí.

Me remuevo en la cama. Había imaginado muchas veces cómo sería este tipo de sexo, pero nunca creí que fuera tan intenso.

Erik no me da tregua hasta que un potente orgasmo sale de mi boca. Sus labios no están para acallar mis gemidos.

Dejo caer los brazos sobre la cama, exhausta. Erik se tumba a mi lado y me abraza. Me hago un ovillo entre sus brazos.

—Dame unos segundos y soy toda tuya de nuevo.

—Solo descansa, Sum.

—No quiero, quiero probarte. —Noto cómo su respiración se acelera y temo que mis palabras le hayan hecho daño—. ¿He dicho algo malo? —le digo alzándome.

—No, y no tienes que hacerlo.

—Quiero hacerlo. Igual que tú querías.

—Soy todo tuyo. —Nuestras miradas están entrelazadas y he visto cómo esas palabras decían mucho más de lo que parece.

Sonrío y salgo de la cama. Ahora me toca a mí darme un festín de Erik.

Erik

Summer me mira juguetona tirando de mis pies como yo hice antes. La dejo hacer sin parar de mirarla. No sé la de veces que he callado las palabras «te quiero» o «me importas». Una parte de mí se muere por luchar por ella, pero otra sabe que sigo hecho pedazos y ella se merece algo mejor que yo.

Me alejé de ella porque me molestó lo de Esme como si fuéramos novios y me di cuenta del error que cometía y que tenía que volver a su lado recordando que solo somos amigos que están jugando a algo peligroso. Dudo que cuando nos cansemos podamos ser amigos como si nada.

El problema es que no quiero ni puedo detenerlo.

Summer tira de mis bóxers y me mira dudosa.

—Cuando estoy contigo solo estamos tú y yo. —Sabe por qué lo digo y se relaja.

Se arrodilla ante mí y siento que solo con esta imagen voy a explotar en mil pedacitos de placer.

Me mira pícara antes de llevar su mano a mi sexo. Lo toca, lo acaricia..., me siento morir, y eso que aún no ha empezado.

Veo cómo acerca sus labios rojos a mi sexo y cómo un segundo después entra y se pierde en su boca.

¡Joder!

Me echo hacia atrás un segundo, no pudiendo soportar este placer. Me alzo para no perder detalle al tiempo que ella intensifica la caricia.

Me gustaría decir que es la primera vez que hago esto, pero el problema es que no recuerdo la mitad de las cosas que hice con otras mujeres. Quería olvidar y al final yo mismo consentí que hicieran conmigo lo que fuera.

Tengo suerte de no recordar otras caras, otros lugares o momentos, en parte porque solo quiero tener a Summer en mis recuerdos cuando piense en esto.

Summer no me da tregua, hasta que exploto en su boca. Y solo entonces se levanta y se lanza a mis brazos para abrazarme con fuerza.

Me cuesta mucho no decirle «te quiero», tanto que temo que piense tan alto lo que siento que sin querer se me acabe escapando.

El problema no sería que lo supiera, sino explicarle que, pese a eso, no quiero nada con ella.

Es más fácil explicar el deseo que el amor.

Capítulo 37

Erik

Summer se despierta cerca del amanecer y se mueve tanto que acaba por despertarme. No sé qué le preocupa y temo que su respuesta no me guste y se deba a lo nuestro.

—Buenos días —le digo acariciando su espalda desnuda.

—No quiero ir a clase.

—Aún queda un rato y podríamos dormir si no dieras tantas vueltas. —Se ríe.

—¿Sabes por qué me llamo Summer? —me dice de repente sin venir a cuento. Niego con la cabeza—. Mis padres se conocieron y se enamoraron en verano. Por eso a mí me pusieron este nombre. Porque era su estación preferida del año.

—Siempre has sido una romántica.

—La verdad es que sí. Pero qué menos, he visto lo que es amarse con mis padres, y que cuando llegan problemas, si no se quiere lo suficiente, estos hacen que cada uno mire hacia un lado y no se encuentre el camino de vuelta. Todo es más fácil si se ama.

—Lo he visto en mi casa también. Y mis padres, si no se hubieran querido, tras lo que me pasó se habrían divorciado. Discutían mucho, echándose la culpa de lo que me pasaba..., pero ninguno la tenía, solo yo; el problema era que la situación los había llevado a un límite en el que no sabían sobrellevarla.

—Y por eso no les cuentas la verdad.

—Ahora todo está bien.

—No lo está, Erik, tú puedes hacerte el tonto todo lo que quieras, pero tus padres están deseando entender qué pasó...

—¿Y pasarse toda la vida preguntándose por qué no me fui? Si hubiera huido...

—Empieza a aceptar que eras un niño asustado que, por muy machote que te sintieras con catorce años, no lo eras, y tal vez así dejes de culparte de una puñetera vez. —Sale de la cama—. Yo sigo aquí, ¿no? —me dice desde la puerta del servicio, y no espera a que responda, es evidente la respuesta—, pues ellos también, pedazo de tonto.

Cierra la puerta de un portazo, que dudo que haga gracia a los vecinos.

Me dejo caer en la cama tenso y odiando todo esto. Ya no solo lo que pasó, sino todo lo que vino después. Esa mujer cambió mi vida para siempre y estoy agotado de este peso que llevo sobre los hombros.

¿Ha llegado la hora de decir la verdad?

Siento pánico y miedo, miedo de que no se entienda cómo podía estar duro como una piedra si no quería hacerlo con ella.

Salgo de clase y casi me choco con el entrenador. Ayer perdieron por cinco goles y todos hablan ya de su destitución.

—Tengo que hablar contigo —me dice visiblemente afectado.

—Claro.

—Como ya sabrás, el partido fue un desastre, aparte de que por la estúpida pelea varios de mis jugadores están de baja. Entre ellos el capitán, Joel.

—Lo sé.

—He hablado con el director desde que te fuiste, para ver si podías volver, y hay una forma. Hoy me la ha confirmado. —Noto que me oculta algo.

—¿Por qué te la ha dicho justo hoy? La debe de saber desde hace días.

—Te necesitamos.

—Yo no estoy en el equipo por sus normas...

—Porque eras becado. Puedes volver sin cambiar como estás ahora, renunciando a tu beca.

—Es decir, trabajar por amor al arte a cambio de nada.

—Sí, el director no me lo dijo porque pensaba que tú no querrías; todos sabemos que tu padre no te da ni un duro por lo que hiciste hace años. —Me tenso—. Las noticias vuelan, Erik, y más las que son así de jugosas, sobre el hijo de un adinerado empresario que ostenta un título nobiliario.

—No me estás dando razones para volver...

—Me va a despedir si no vuelves. Dice que eres mi última baza; si no, estoy en la calle y para mí sería una tacha en mi currículum. Tengo hasta ahora una trayectoria impecable, que se está viendo afectada por esa panda de jugadores que se han olvidado de lo más importante y que no juegan al fútbol por pasión al deporte, sino por conseguir fama y sentirse mejores en la universidad. No se lo toman en serio, tú sí. Te pagaré con lo que gano...

—No me hace falta. Puedo llegar a fin de mes solo.

—¿Entonces?

—Acepto.

El entrenador no me abraza, pero veo en sus ojos que lo desea. Me da las gracias y se marcha. Siento rabia por mis, otra vez, compañeros de equipo. Por no valorar lo que tienen, por no ser capaces de darse cuenta de que con su actitud están haciendo sufrir a un buen hombre..., y lo peor es que yo he sido como ellos y me siento un mierda por tratar de darles clases de moral cuando yo hice lo mismo a las personas que más me quieren.

Espero a Summer a la salida de la clase que le toca ahora. Sale junto a Fran riéndose por algo que este le dice. Al verme se despide de él y viene corriendo. La cojo antes de que salte a mis brazos con efusividad. Me da un beso.

—No sabía que tenías tantas ganas de verme.

—Ya ves, aunque no te lo mereces mucho. Pero bueno, te daré espacio.

Se baja y me mira con los ojos entornados.

—¿Qué?

—Te pasa algo.

—No es nada malo —le digo sorprendido por que me conozca tan bien—. He vuelto al equipo, esta vez sin beca.

—¿Y por qué?

—¿Por qué tiene que haber un porqué?

—Pues porque no te veo feliz de haber regresado, por ejemplo. Di.

—Si no lo hago, despiden al entrenador por culpa de mis compañeros.

—Es su problema, Erik, cada uno debe lidiar con los suyos..., a menos que te sientas culpable de que lo pierda por culpa de los excesos de estos.

—Déjalo, Sum.

—¡No puedes pasarte toda la vida pagando por tus actos! ¡Ya está bien, Erik!

—¡Tú no lo entiendes!

—No, y tengo suerte, la verdad, pero que no lo entienda no significa que me quede de brazos cruzados viendo cómo pasan los años y no lo superas. Es pasado, Erik, y este es tu futuro.

—¿Cuál? —Me mira a los ojos y deseo que diga que ella; aparto la mirada y cambio de tema—. Está todo bien así.

—No lo está, y que tú lo creas, me preocupa. —Se aparta—. Me has quitado las ganas de estar contigo de momento.

Se aleja hacia su siguiente clase y me pregunto si he empezado a perderla.

Capítulo 38

Summer

El ensayo empieza y Erik llega tarde porque ha tenido que ir primero a entrenar, ya que durante el tiempo que no ha estado en el equipo ha habido cambios en los horarios.

Llega con el pelo húmedo y se coloca detrás de mí. Noto su mano en mi cintura como si dijera: «Sigo aquí, ¿y tú?». No se la quito. Que le diga esas cosas no es para alejarme de él, sino para que empiece a vivir sin tener que pagar el precio que debería pagar su agresora.

A ella sí deberían matarla los remordimientos.

Sube su mano por mi espalda en una caricia silenciosa. Lo miro, me sonríe, hago lo mismo y veo alivio en su mirada.

Me pregunto si esta es su forma de luchar por mí o por nuestra amistad. Y si estamos caminando en el mismo sentido o un día tendré que aceptar que no.

El ensayo empieza y, como siempre, nos sale muy

bien. Me cuesta fingir que al caer el telón no nos comemos a besos. Es difícil besar a mi amante como si fuera solo un actor más y no alguien a quien deseo.

Limitar el placer me cuesta más que actuar.

—Un segundo, chicos —nos dice el profesor antes de irnos—. Os quiero proponer algo que subirá la nota. Y a los que no os valga para nota, os vendrá muy bien para la interpretación —dice sobre todo mirando a Erik—. Quiero que el sábado vengáis aquí y os vistáis como si fuéramos a hacer la obra, y que salgáis a la calle como si hubierais viajado en el tiempo. Tenéis que meteros tanto en el papel que espero ver vídeos en los que miráis extrañados y asombrados todos los adelantos, y más cosas. Por eso se debe ir en parejas, para poder grabar al otro. ¿Os apetece jugar a este juego de rol?

Todos asentimos divertidos. Estoy deseando hacerlo. Miro a Erik ilusionada y me sonríe.

Nos vamos a casa mientras le comento todas mis ideas y lo que pienso hacer. Erik me escucha paciente mientras conduce su coche. Y no dejo de hablar hasta llegar al ático, donde me tiro en el sofá emocionada.

—Me hubiera gustado vivir en el siglo xviii..., bueno, no del todo. Eso de ducharse una vez al año, si llegaba, me daría mucho asco. Me encantaría que esta época tuviera esos trajes tan bonitos, eso sí, que no picaran, porque mira que pican los del teatro. —Erik se ríe.

—No te gusta esa época. Te gusta el romanticismo que encierra —adivina.

—La verdad es que sí, aunque si estuviéramos en esa época ya te tendrías que haber casado conmigo.

—No he comprometido tu virginidad.

—Es cierto, sigo entera. —Erik se ríe, y hago lo mismo—. Estoy deseando hacerlo.

—¿Acostarte conmigo? Cuando quieras.

—No decía eso...

—Vaya, y yo que pensaba que había dejado el listón tan alto que querías saber cómo sería hacerlo...

—No es que no quiera... ¡Erik, me estás liando! —Me río hasta que me doy cuenta de algo—. Estás volviendo a ser tú.

—Eso parece.

Lo abrazo con fuerza y hace lo mismo.

—Poco a poco —me dice, y casi lloro de emoción al darme cuenta de que está empezando a luchar por vivir.

—Pasito a pasito se llega muy lejos.

—Sí, pero no me ha quedado claro si quieres o no que nos acostemos —bromea.

—Así planificado pierde todo el morbo —le digo, cuando en verdad me muero por hacerlo—. Otro día.

—No hay prisa.

Realmente no sé por qué le digo que no..., bueno, miento, sí lo sé. Temo que una vez que se acueste conmigo se cure de golpe y se aleje de mí.

Me da miedo ser solo un bálsamo para sus heridas y no la persona que se queda a su lado cuando estas sanan del todo.

Me preparo para jugar al juego de rol por la ciudad. Me pregunto si acabaremos saliendo en las noticias de mi padre. A veces meten cosas de sociedad que no tienen nada de triste y mucho de curioso. Nos vestimos delante de todos. En verdad no es que no me dé vergüenza, pero cada uno está a lo suyo y ni te miran.

Me arreglo el pelo lo mejor que sé y busco a Erik

entre la multitud. Lo veo al final, hablando con el profesor. Va vestido de época. Con una chaqueta azul marino y unos pantalones color caqui. Con lo alto que es, le quedan como un guante. Me pregunto si alguno de sus antepasados era así. Luce ropas de alguien adinerado o con un título nobiliario. Se vuelve y me mira. Doy unas vueltas sobre mí misma, como cuando era pequeña, y en la última me sujeta.

—Te vas a marear.

—Ya lo estoy, cuando era niña podía dar cientos de vueltas y no me pasaba nada.

—Tú lo has dicho, cuando eras niña, aunque un poco lo sigues siendo... —Le saco la lengua—. ¿Ves?

—Tonto. ¿Nos vamos?

—Cuando quieras, pero recuerda: una vez que salgamos de aquí, estamos en otro siglo.

—Entonces intenta no propasarte o deberás casarte conmigo. Que sé que soy irresistible.

—No te imaginas cuánto —me dice al oído, y me recorre un escalofrío de los pies a la cabeza.

Nos vamos solos, cargados con nuestros móviles para grabarnos, las llaves de casa y nada más. No espero a que Erik me grabe para actuar. Desde que salgo me meto del todo en el papel. La gente nos mira como si estuviéramos locos. Otros nos graban y seguro que más de uno sube el vídeo a las redes sociales. Antes se era más libre. Lo que hacías quedaba para el recuerdo de tu mente y no atado a las redes y con cientos de ojos que pueden ver tus errores o aciertos una y otra vez.

Erik también se mete muy bien en el papel. No puedo evitar ver cómo las mujeres lo devoran con la mirada y más de una se sonroja cuando las piropea como un galán de la época.

Algo que también se ha perdido con los años; ahora no nos tomamos el tiempo del cortejo. En tiempos pasados se tardaba en dar un beso en la mejilla, ahora ya conocemos a la perfección el cuerpo del otro.

Aunque es cierto que hace años muchos se casaban solo para poder acostarse con su mujer. Y luego esta podía pasarse toda la vida criando a los hijos y cuidando al marido.

Montamos en el autobús y empiezo a preguntar dónde están metidos los caballos. La gente se ríe, aunque hay muchos que nos miran como si hubiéramos perdido el norte. Sobre todo los que viven la vida de manera cuadriculada y se olvidan de jugar.

Es triste, pero la gente ve más normales a los jóvenes borrachos y desmadrados que a los que juegan a rol.

Lo que no se entiende siempre es tachado de raro, porque es más fácil hacer eso que tratar de comprenderlo.

Llegamos a un parque ya por la tarde. Hemos comido perritos calientes por la calle y no me he manchado de milagro. Eso sí, lo he hecho con mucha finura.

Caminamos por el parque hasta un anfiteatro moderno hecho con cemento en el que se realizan eventos.

Erik sube y me tiende una mano para que haga lo mismo. Me subo al escenario y, por un instante, me imagino que el anfiteatro está lleno de gente. Respiro hondo, como si el aire tuviera un regusto diferente. La emoción corre por mis venas y me siento en paz. Libre.

—Finge que me amas —me dice Erik.

Me vuelvo a mirarlo. Me observa con intensidad. Lo miro desconcertada sin comprender por qué me pide algo así cuando yo no tengo que fingir que lo amo.

—¿Qué?

Summer me mira sin comprender nada. La estaba viendo perdida en su mundo y no pude evitar perderme en ella y en mis ganas de ser parte de ese mundo. De poder dejar de llamarla «mi amiga» para reconocer que me muero por que sea mi novia.

Pero hoy no.

—La última escena, donde nuestros protagonistas se despiden para siempre y él le pide un último beso. El título de esa escena es «Finge que me amas».

Noto la desilusión en los ojos de Summer; no soy ciego, al menos hoy no quiero serlo. Ella se muere tanto como yo por confesar que lo nuestro no es solo amistad.

O eso quiero creer; por un momento deseo pensar que ella también me ama. Aunque solo sea teatro.

—Claro.

Interpretamos esa última escena, aun cuando empieza a lloviznar. Llegamos al último beso que se dan nuestros protagonistas. Nos miramos a los ojos y, al besarla, me pregunto si alguna vez tendré que pasar por esto y besarla sabiendo que es el final entre los dos.

Tal vez por eso me olvido del guion y la beso dejándome el alma en esta acción.

Al terminar ha empezado a llover más fuerte. Tiro de Summer hacia los bastidores; por suerte está la puerta abierta. Están vacíos y por la tormenta dudo que vaya a venir alguien por aquí.

Summer me mira un instante antes de alzarse para besarme. Afortunadamente el beso de antes no fue una despedida.

Me pregunto si ahora podría decirle adiós.

Con el regusto de la despedida, la beso diciéndole

cuánto la amo en palabras mudas. Tira de mis ropas y hago lo mismo con las suyas, odiando que lleve estas burdas y tan antiguas que no sé manejar.

—Estoy empezando a detestar esta época. —Se ríe y me ayuda con su ropa hasta que se queda en camisa. Y debajo nada—. Empieza a mejorar.

Sonríe y tira de mi atuendo. Dejamos toda la ropa en el suelo antes de ponernos sobre ella y seguir devorando los labios del otro hasta que no queda ninguna prenda entre los dos.

Su sexo acaricia el mío. Me muero por adentrarme en ella..., y es cuando recuerdo lo que falta.

—No tenemos...

—Tomo la píldora. Soy una chica moderna del siglo XVIII.

—¿Estás segura? Yo estoy sano...

—Lo estoy, Erik. Confío en ti. ¿Y tú confías en mí?

—Siempre.

Nos besamos, esta vez sin prisas, mientras me adentro poco a poco en ella. Y por primera vez, estando a su lado íntimamente, me acuerdo de mi profesora, pero solo para confirmar lo que ya sabía: nunca la deseé, ahora sé lo que es desear a alguien.

Yo deseo a Summer.

Yo quiero a Summer.

Yo quiero acostarme con ella.

Nadie decide por mí.

Ni yo por ella.

Me muevo dentro de ella haciendo el amor por primera vez con alguien. No dejo de mirarla a los ojos, perdido en el verde de su mirada y en sus matices. Me abraza para que no quede ni un resquicio de separación entre los dos, como si quisiera fundirse conmigo.

Hago lo mismo, presa de esta sensación.

Siempre supe que a su lado encontraría el camino de vuelta.

Entro y salgo de ella muriendo de placer. Noto que está cerca e intensifico mis embestidas hasta que juntos nos perdemos en un potente y deseado orgasmo.

Me separo de ella y la veo nublada. Me seca las lágrimas que no he derramado pero que ahí están, síntoma de lo roto que estoy.

No decimos nada, pero siento cómo se muerde la lengua para no decirme que me quiere. Por eso hablo, rompiendo el momento y alejando su confesión, para no ahogarme y tener que decirle adiós demasiado pronto.

—Parece que al final me tendré que casar contigo. —Me mira desconcertada—. He comprometido tu pudor.

Lo entiende y se ríe, recordando lo que me dijo antes.

—Eso parece. Ya no te queda otra que ser todo mío para toda tu vida...

—Qué castigo. —Sonríe.

Me abraza como si notara mi necesidad de huir y a la vez comprendiera mi deseo de quedarme para siempre a su lado.

Capítulo 39

Summer

Erik me manda un mensaje para vernos en el cambio de clase en la cafetería. Entro y lo busco entre la gente que hay. Lo veo al fondo con algunos compañeros del equipo de fútbol. Al verme me sonríe. Hago lo mismo, sin poder evitar el recuerdo de lo que hicimos hace tan solo dos días.

Tras hacerlo nos quedamos dormidos escuchando la lluvia caer y al despertar estábamos helados. Nos vestimos entre risas y besos. Era tan tarde que el parque estaba cerrado y nos tocó saltar la valla.

No hemos vuelto a hacerlo, pero sí a dormir juntos entre besos y abrazos.

Estoy loca por este chico de ojos grises.

—Hola —me dice cuando llego a su lado. Pone su mano en mi cintura y nos alejamos de sus compañeros, entre los que no está Joel ni varios de sus fieles amigos, por estar lesionados.

Sinceramente creo que el equipo ha ganado con sus bajas.

—¿Qué querías decirme? Parece importante.

—Solo es importante para mí, para salvarme del aburrimiento.

—Ahora sí que me dejas intrigada.

—Mis padres quieren que vaya a una fiesta este fin de semana y me gustaría que vinieras conmigo. Creo que el lugar te gustará. Por lo que sé tus padres se conocieron en ese pueblo.

—¿En serio? —Asiente—. Fui de niña, pero hace ya mucho tiempo. Me apunto, todo sea por salvarte del aburrimiento. Ahora tengo que ver qué me pongo.

—Si quieres que te ayude...

—¿Te estás ofreciendo a ir de compras conmigo?

—No sé si tendré tiempo. —Recula con una sonrisa.

—No te preocupes, se lo diré a mi abuela, que seguro que me ayuda encantada. Hace años que se muere por que vaya a una de sus fiestas y me ponga en sus manos.

—Genial —me da un ligero beso—. Nos vemos luego, hoy tengo un día completo.

Y así se pasa toda la semana. Llega tarde a casa. Cuando se mete en la cama y me abraza yo solo me despierto un segundo para refugiarme en sus brazos y seguir durmiendo. Entre el trabajo, los entrenamientos, las clases y los ensayos no puede dar más de sí.

Temo que acabe por desfallecer, y lo peor es que creo que le gusta tener tanto que hacer para no pensar.

Ha llegado a un punto en el que siento que, si no supera su pasado, no lograremos avanzar en lo que sea que hay entre los dos.

Acabo molida tras pasar un día de compras con mi abuela. Quedé con ella ayer jueves por la tarde, tras el ensayo, y, como hoy viernes no tenía clase, me quedé en su casa con ella y mi abuelo. Y desde temprano hemos seguido con las compras. Ahora me está llevando su chófer a donde será el evento. Mis abuelos no van porque tienen otro compromiso que no podían eludir.

He hablado con Erik y me dijo que él ya estaba allí.

Cuando llego hay varios coches haciendo cola para ser atendidos por los aparcacoches. No me esperaba que hubiera tantos invitados. Erik me dijo que era una fiesta con poca gente. No sé qué entiende él por «poca».

Salgo del coche cuando se detiene. Cogen mis cosas tras decir mi nombre y me piden que los acompañe. Al entrar me siento fuera de lugar con mis deportivas y mis vaqueros. Y por la mirada crítica de más de una mujer de avanzada edad, también piensan lo mismo. Solo por eso sonrío como si fuera perfectamente vestida.

Entro en el que será mi cuarto. Dejan mis cosas ordenadas en mi armario. Me pone un poco nerviosa tanta atención. Se llevan el vestido que usaré esta noche y me dejan sola. Escribo a Erik para decirle que ya estoy aquí y espero que venga pronto.

Al no hacerlo, aburrida, abro la puerta y decido registrar la casa. El lugar donde mi madre casi murió de un tiro.

Mi madre era detective de policía, pero hace años que lo dejó. Estaban investigando al padre de Matt y eso los llevó a esta casa, donde los pillaron traficando y el padre de Matt, presa de la rabia de ser atrapado, disparó a mi madre. No murió porque mi bisabuelo, en un momento de bondad, pues también estaba metido en el ajo y era una buena pieza, golpeó la mano de su amigo y le hizo errar en su intento de matar a mi madre. Aunque sí la hirió.

Me sé la historia de mis padres de memoria. Y me gustaría decir que mi tía, con los años, dejó de ser aquella envidiosa que trató de separarlos y se metió en la cama de mi padre desnuda ese fin de semana sin importarle de quién fuera novio, pero lo cierto es que aún hoy envidia a mi madre, aunque no quiera reconocerlo. Va vestida como una chica de mi edad e insiste en que su vida es perfecta, mientras mira con rabia lo felices que son mis padres.

Nunca nos hemos llevado muy bien; ella no ha hecho nada para que esto no fuera así.

Voy hacia el despacho y paso. Una vez dentro busco la entrada secreta a los pasadizos por los que antiguamente se hacía contrabando. Estoy a punto de entrar en ellos cuando la puerta se abre y pego un grito por la impresión. Erik se cuela dentro y me mira divertido.

—Cualquiera diría que te he pillado haciendo algo ilegal.

—Para nada. ¿Me acompañas?

—Claro.

Abrimos la trampilla y, usando la linterna del móvil, bajamos hasta el embarcadero. Ahora no hay nada. Esta casa es de Matt y Becca y se han encargado de no dejar rastro de la maldad de su padre.

—Tiene que ser horrible recibir un tiro.

—Es peor ver como lo recibe alguien a quien amas.

—Eso sí. No me imagino por lo que pasó mi padre mientras corría hacia mi madre.

—Es una suerte que todo saliera bien.

—De no ser así, yo no estaría aquí. —Erik me mira con intensidad.

—Vayamos arriba, este lugar me da escalofríos.

La verdad es que a mí también, aunque prefiero pensar en que no pasó nada y que mi padre dejó de alejarse de mi madre y empezó a luchar por ella sin arrepentimientos.

Está claro que para avanzar es necesario dejar de estar anclado.

Salimos y nada más hacerlo vemos a Matt y Becca, los padres de Mathew, junto a los de Erik. Al verme me saludan con cariño. Sobre todo Bianca, la madre de Erik, que me da un cariñoso abrazo.

—Gracias por venir, Summer.

—Todo sea porque Erik no se aburra —digo mirando a Erik, que sonríe sin importarle que ante los anfitriones haya reconocido que preferiría estar en otro sitio.

Nos conocen desde que nacimos, saben que estos eventos no nos gustan. Yo es al primero que voy y Erik de niño los odiaba, algo que parece que no ha cambiado con los años.

—Yo tampoco estaría aquí —reconoce Becca—. Pero de vez en cuando tengo que hacer que mi marido se aburra un poco menos.

Matt sonríe a su mujer. Nos despedimos de ellos hasta la cena. Al llegar a mi cuarto espero que Erik me acompañe dentro, pero se despide de mí en la puerta y quedamos en vernos en donde será el baile.

Viene una chica a ayudarme a peinarme y maquillarme. La dejo hacer, aunque no me siento muy cómoda con este tipo de atenciones. Es muy maja y al final le pido que me haga fotos para mandar al grupo de la familia y a mi abuela.

Ya lista, bajo al salón donde tendrán lugar la cena y

el cóctel de bienvenida. Al entrar busco a Erik y no tardo en verlo hablando con sus padres. Su hermana se ha quedado con la madre de Esme. Bianca es la primera en verme. Erik, al ver la sonrisa de su madre, se vuelve para ver a quién va dedicada y es entonces cuando se instala una en su cara que deja claro que le gusta lo que ve. Me aguanto las ganas de dar una vuelta. Es difícil recordar que ahora tengo que ser menos yo y más una joven encorsetada por las normas de sociedad.

—Estás preciosa —me dice Erik dándome un beso en la mejilla.

—Eso mismo iba a decir yo —apunta Albert—. Se nota que mi hijo tiene tan buen gusto como su padre.

—Solo somos amigos —añade Erik, y mi sonrisa se congela.

Lo somos, es cierto, pero para mí hace tiempo que empezó a ser algo más. Es complicado recordar que no hay nada entre los dos salvo deseo.

—Lo que tú digas, hijo. Ven —le dice a su mujer, tendiéndole el brazo—. Vamos a dar una vuelta.

Bianca se va con su marido. Erik pone una mano en mi espalda desnuda y me acaricia. La verdad es que mi vestido de color verde es precioso.

—Qué suerte que estés aquí. Si no me tocaría ir con mis padres a hablar con todas esas personas aburridas —dice mirando a sus padres conversar con un matrimonio.

—La verdad es que es una suerte, sí. —Miro a un hombre de unos veinticinco años muy guapo—. Espero que, como amigo mío que eres, si veo a alguien interesante, me lo presentes.

Sonrío como si fuera en serio. La mirada de Erik es de asombro y aparta la mano. Me da igual; ahora hablo movida por el dolor de sus palabras, y aunque sé que las mías caen en saco roto, no he podido evitar decirlas.

—Claro, si quieres vamos ahora mismo.

Vamos a conocer al chico sexi y a los diez minutos estoy aburrida como una ostra escuchándole hablar de lo bueno que es en todo. Sonrío como si me encantara la conversación y doy gracias cuando nos llaman para la cena. Erik se salta el protocolo y entra conmigo. Sin importarle que por su título de marqués, ese que odia y no usa nunca, deba hacerlo con alguien de su misma jerarquía. Sus padres, como duques, han sido de los primeros en entrar y ya están en la mesa cuando entramos. Albert sonríe por el descaro de su hijo y Bianca nos mira encantada.

—En lo de saltarse las normas es igualito a su padre.

—Yo no fui el que dejó a su prometido con la palabra en la boca y se escapó para casarse con otro.

—Ese otro, querido, eras tú. —Albert sonríe con cariño al recordar la escena.

—Volvería a proponerte que te fugaras de nuevo conmigo sin pensarlo —dice su marido sin mirarla.

Bianca coge su mano por debajo de la mesa y lo mira enamorada. Es increíble cómo después de tantos años y tantos problemas sigue ahí esa llama, y sé que si lo hace es porque se quieren de verdad. Siento un poco de envidia, como me pasa al mirar a mis padres, y desde niña he tenido claro que no pensaba conformarme con menos..., que es justamente lo que estoy haciendo ahora.

Las palabras de Erik me han dejado más chafada de lo que creía.

Me cuesta sonreír durante la cena, pero lo hago usando mis dotes de actriz. Algo que me molesta hacer en la vida real, pero no me queda otra, si no quiero que se den cuenta de lo rayada que estoy ahora mismo.

Pasamos al baile y Erik baila conmigo. No me pregunta cómo estoy. No hablamos y me pregunto si no lo hace porque no se ha dado cuenta o porque sabe qué me pasa y prefiere hacerse el tonto.

Me despido de todos a medio baile, alegando estar muy cansada. Es mentira, pero no puedo sostener más mi careta de superfeliz. Necesito estar sola, recuperar fuerzas y empezar mañana un nuevo día recordando que Erik y yo sentimos de manera diferente.

No paso muy buena noche, la verdad, por eso bajo temprano con la idea de coger algo para desayunar en la cocina e irme a dar un paseo por la playa.

Al entrar en la cocina veo a Bianca mirando por la ventana.

—Summer —me dice al verme—, buenos días. Qué madrugadora eres.

—Buenos días, quería dar un paseo por la playa.

—¿Sola? —Asiento—. Me parece bien. ¿Te preparo un café?

—Estaría bien.

Hay un par de cocineras, pero Bianca no las quiere molestar. Yo tampoco lo haría, viendo el lío que tienen preparando la comida de hoy. Me siento a la mesa de la cocina con ella cuando me lo ha preparado y ha cogido unas pastas.

—Me alegra mucho que Erik te tenga a su lado.

—Somos amigos..., como siempre.

—Mi hijo puede hacerse el tonto, pero yo no, al menos no en todo. —Noto dolor en su mirada—. Sé que te gusta, como siempre. Y he visto que a él no le eres indiferente, Summer, pero es como su padre, un poco obtuso a la hora de reconocer sus sentimientos. —Sonríe con cariño—. Ha cambiado desde que has vuelto a su vida. Cada día es más ese niño dulce y simpático que recordaba y que no vive presa del remordimiento. Gracias.

—No he hecho nada.

—Sí lo has hecho, y ahora piensa en ti, Summer. Si mi hijo te quiere como yo creo que lo hace, que te lo demuestre. Es hora de que no se deje llevar más por el pasado.

—No sé qué quieres decirme...

—Vi cómo cambió tu mirada cuando dijo que solo erais amigos.

—Solo somos amigos.

—No sentís lo mismo y a ti te duele ser solo su amiga.

—Sí, mucho —le reconozco—. No sé si podré fingir mucho más tiempo que no me importa.

—Yo espero que él reaccione antes de perderte.

—No lo sé. Lo veo difícil.

—Te comprendo. Llevo años esperando que me cuente qué le pasó. —Noto cómo sus ojos se llenan de lágrimas—. No sé qué más hacer para que se dé cuenta de que no está solo. ¿Te lo ha contado a ti? —Asiento—. Le importas más de lo que está dispuesto a admitir.

—Si es así, parece que prefiere perderme a intentarlo. He llegado a pensar que me quiere, pero no desea que estemos juntos.

—No sé qué aconsejarte cuando yo como madre he fracasado con él. —Se me parte el alma y no puedo evitar abrazarla—. Ve a dar tu paseo, Summer.

—Erik te quiere, Bianca.

—Lo sé, pero a veces eso no es suficiente.

Me marcho hacia la playa afectada y comprendiendo a Bianca más que nunca. Ella quiere a su hijo con todo su ser y ni siquiera eso es suficiente para que este se abra a ella y le cuente la verdad. Yo lo amo desde hace años y tampoco parece ser bastante para que Erik deje de jugar a que solo somos amigos.

Yo también lo conozco y sé que le importo, y también que no quiere que le diga cuánto me importa a mí.

No sé qué camino me toca tomar ahora.

Capítulo 40

Summer

Terminan de prepararme para la fiesta de esta noche. No he visto a Erik en todo el día, ya que decidí saltarme la comida y quedarme por el pueblo. Esperaba que dijera que se perdía conmigo por estos parajes, pero no, me dijo un frío «vale» que es un claro recordatorio de cómo están ahora mismo las cosas entre los dos.

Bajo a los jardines que han sido acondicionados para la cena y el baile de esta noche. Hace un poco de frío, pero para combatirlo hay estufas por varios puntos, caldeando el ambiente. Está todo precioso, pero lo disfrutaría más si no tuviera este revoltijo de sentimientos.

Veo a Erik hablando con una joven muy bonita y siento celos, pero nada comparado al dolor de saber que me tocará tomar la decisión de seguir fingiendo que solo soy su amiga o decirle lo que siento y que él decida si quiere o no luchar por mí.

Erik se vuelve al sentirme detrás de él. Por su mirada sé que le encanta mi vestido de color salmón clarito.

—Estás muy guapa.

—Gracias, tú no estás mal.

Me sonríe y me coge la mano, y noto su deseo de no soltarme nunca. Aun así, lo hace en cuanto vamos hacia la mesa de refrigerios. No sé por qué lo hace. O sí, sigue anclado en sus pesadillas y siento que, si no las supera, nunca habrá un «mañana» para nosotros.

La cena es como la de ayer, aburrida, y el baile para mi gusto muy pasado de moda. Entiendo que mi madre odie estos eventos y doy gracias porque desde que éramos pequeños no haya dejado que mi abuela nos llevara a ellos. Lo mejor han sido mis preciosos vestidos y ver a Erik con pajarita. Está increíble. El resto casi ha hecho que me durmiera de pie de tanta charla sin sentido. La gente quiere aparentar ser tan increíble y refinada que se olvidan de cómo son en realidad.

No puedo con tanto teatro gratuito.

Entro en mi cuarto cansada, pensando que Erik solo me dará las buenas noches y se irá al suyo, que está pegado al mío. No lo hace. Esta vez entra y me abraza con fuerza por detrás. Otra vez en sus actos veo su miedo a perderme.

Me vuelvo y lo miro a los ojos. Veo tanto dolor en ellos que lo beso y por esta vez le digo así cuánto lo quiero.

El beso cada vez se hace más intenso y, sin prisas, entre besos y caricias, nos quitamos toda la ropa, dejando un reguero de prendas hasta la cama.

Erik me deja caer sobre la mullida colcha. Sus ojos

color plata se funden con el verde de los míos antes de adentrarse en mí de una firme estocada.

Es más intenso que la primera vez, pues en esta no noto la incomodidad de la virginidad. Entra y sale de mí al tiempo que me besa de una manera desesperada. Se me llenan los ojos de lágrimas por su forma de amarme. Casi puedo ver su tormento cada vez que me mira.

Su ímpetu me hace morir de placer. Así como sus morenas manos, que están por todo mi cuerpo. Las mías igual en el suyo. No puedo dejar de tocarlo y acariciarlo.

Intensifica las caricias cuando nota que estoy cerca y estallamos los dos juntos en un poderoso orgasmo. Y esta vez ni yo puedo callarme lo que pienso, ni él puede silenciarme:

—Te amo, Erik.

Me mira y se aparta. Y sé, por el frío que siento ante su ausencia y su reacción, que ha llegado el momento de tomar decisiones.

Erik

Me pongo los bóxers antes de acercarme a la ventana.

No dejo de escuchar la confesión de Summer en mi mente. Tengo en mis manos su felicidad y la mía... El problema es que la suya pesa más y no creo que yo sea lo mejor para ella. Estoy hecho una mierda y, si está a mi lado, temo amargarla si no consigo superarlo.

—¿No tienes nada que decir? —Callo y la veo en el reflejo de la ventana con mi camisa puesta.

Es preciosa y la quiero como nunca querré a nadie.

Nunca he odiado tanto no haber huido a tiempo de aquel despacho de la profesora como en este momento...

—No puedo ser tu amiga, Erik, no quiero ser solo eso. Solo acepté que era solo sexo porque quería algo de ti, porque creía que así podríamos estar juntos. Pero me he cansado de esperar y sé que me quieres. ¡Lo sé, pedazo de tonto! Y también sé que, hasta que no superes el pasado y dejes de culparte y cuentes la verdad, no podrás tenerme.

No niego lo evidente. Me gira para que la mire.

—Lucha por mí, Erik, yo no puedo hacerlo... —Se le rompe la voz—. Solo dejarás de culparte cuando te sientes a hablar con tu familia y no temas ver en sus ojos la vergüenza por el hecho de que no te marcharas de allí y desearas a tu profesora. ¿No te das cuenta de que ella te violó y tú dejas que te quite toda la vida?

—Mereces ser feliz.

—Y tú, es hora de que lo entiendas. Ahora es mejor que te vayas... y que dejemos de vernos...

—Como quieras.

—Lo que quiero es que esto no sea el final. No depende de mí. Me quiero y te quiero lo suficiente para saber que ha llegado el momento de decirte «hasta pronto».

Recojo mis cosas y voy hacia la puerta. Antes de salir, Summer me abraza por la espalda. Me rompo de tal forma que temo no ser capaz de seguir caminando.

—Lucha por ti, es hora de vivir de nuevo.

Me marcho y sé que Summer desearía que todo

fuera diferente, que le dijera que lo voy a hacer. Que buscara a mis padres y se lo contara ya. El problema es que no estoy preparado.

Como ella ha dicho, yo sigo presa de mis remordimientos. Y por ellos la dejo marchar.

Capítulo 41

Summer

Ha pasado un mes desde que le di el ultimátum a Erik. El mes más largo de mi vida y el más triste. Sinceramente pensaba que lucharía por mí antes. Ahora ya he empezado a pensar que tal vez no le importe tanto como supuse y que quise creer que sí solo por lo que yo sentía.

Me fui de su casa ese mismo día. Recogí mis cosas y busqué otra habitación mientras me quedaba con Estela y María. Ahora comparto piso con una compañera que casi nunca está en casa.

He visto a Erik en el teatro y lo he besado fingiendo..., o más bien no queriendo que notara cuánto anhelaba sus besos. Es muy duro actuar junto a alguien que amas y con el que fuera del escenario sigues caminos separados.

La obra está a punto de acabar y, cuando nos demos el último beso de despedida, será tal vez el último que compartamos Erik y yo.

Ahora mismo estoy en el estudio de mi padre. Saben que no estoy bien, pero aunque intuyen que es por Erik, no se lo he confirmado. Sé que es porque esperaba no tener que decirles que otra vez lo mío con Erik había salido mal.

Veo a mi padre en peluquería, donde lo peinan y maquillan. La primera vez que lo vi aquí le dije a mi madre que mi padre se maquillaba como las mujeres. Tuvieron cachondeo para rato con eso. Claro, que yo tenía solo cinco años y no entendía muchas cosas. Ahora ya lo veo normal. Sé que es para evitar los brillos de los focos y dar mejor en cámara. Mi padre odia que lo maquillen, por eso fuera de aquí se arregla lo justo.

Al verme me saluda y se levanta sin importarle que aún quieran hacerle más retoques. Me da un pequeño abrazo.

—¿Qué haces aquí? Y esta pregunta no quiere decir que no me agrade que hayas venido.

—No tenía nada que hacer este fin de semana y mamá me dijo que no ibas a ir a casa...

—Me encanta tenerte aquí, como en los viejos tiempos. Se te echa mucho de menos en casa. Ir allí y no verte es horrible. Cuesta aceptar que los hijos crecen y lo quieren hacer lejos de uno.

No sé qué decir, pero me gusta saber que me echan tanto de menos como yo a ellos.

Vamos hacia el estudio de grabación. Me saludan todos mientras le dan a mi padre los últimos datos sobre lo que va a hablar esta noche. Mi padre no solo da las noticias. Está aquí desde mucho antes, investigando, al pie de la noticia, como se dice, y elaborando el programa. Detrás de esa casi hora de informativos hay muchas horas de trabajo y mucha gente.

Llegamos a la casa que tiene cerca de aquí una vez

termina. Estoy agotada, pero eso no impide que ayude a mi padre a preparar algo de cena y me siente con él de manera informal a comerlo en el salón.

—Cuando quieras me dices por qué estás aquí —dice terminando de cenar y dejando su plato en la mesa. Yo hago lo mismo—. O mejor lo hacemos con un buen postre.

Se va a la cocina y trae helado de chocolate. A él no le gustan tanto los dulces como a mi madre, pero suele tenerlos por si ella lo visita.

Meto la mano en el chocolate. Eso de que ahoga las penas no es cierto, pero sí es verdad que mientras lo disfrutas no piensas tanto en ellas.

—Es por Erik.

—Me lo imaginaba. ¿Estabais juntos?

—No, aunque lo pareciera. —No hace falta que le diga más; por su mirada sé que lo comprende—. Lo presioné pensando que lucharía por mí. Que contaría lo que le pasó y dejaría de culparse... Pero no le importaba tanto como yo creía y me pregunto si de verdad he luchado yo por él o he tomado el camino fácil.

—No sé toda la historia e intuyo que no me vas a dar más detalles. Pero sí puedo decirte que una sola persona no puede tirar de la relación. Es cosa de dos y, o están ambos al mismo nivel, o eso acaba por destruirla. Tú no puedes hacer más, es a él al que le toca mover ficha, y si no lo hace..., te tocará aceptarlo y vivir tu vida.

—Tú no olvidaste a mamá. ¿Qué te hace pensar que yo lo haré si llevo toda la vida enamorada de él?

—No lo sé. Eres como yo, que cuando te enamoras es para siempre.

—Eso parece.

—No sé qué pasará, pero sí sé que no estás sola, Summer. Encontraremos la forma de que seas feliz y, si no existe, la inventaré, todo para que sonrías de nuevo.

Miro a mi padre y no puedo evitar abrazarlo y llorar entre sus brazos.

—Has hecho bien, pequeña. Ahora le toca a él dejar el pasado atrás, y ya se verá si cuando lo haga le importas o no.

Asiento, sabiendo que una vez más solo me queda esperar o aceptar que no habrá un «nosotros» nunca.

Capítulo 42

Summer

Llega el día de la función. El teatro está lleno de gente, y entre ellos mis padres, los de Erik y varios de sus amigos. Termino de prepararme nerviosa. Erik no ha hecho nada en este tiempo y hoy llega nuestro final. Lo sé, cuando le dé el último beso de la obra todo habrá acabado para siempre.

Ya no habrá más besos robados en este teatro. Ya no tendré un lugar donde verlo. Dudo que Erik siga aquí. El fútbol le quita todo su tiempo, y más ahora que han vuelto a ganar.

Este es el final, y saberlo me mata. No sé cómo voy a poder representar que soy feliz cuando estoy tan rota.

La obra empieza. Erik está espectacular. Como yo, se ha metido de lleno en el papel. Los besos que nos damos son como una danza. No hay más de lo que debe haber, como si besara a un extraño, y con cada uno de los besos me quedo con ganas de más.

Todo va bien hasta que llegamos a la última escena. La de la despedida.

Nos miramos a los ojos.

Se hace el silencio en la sala. Solo estamos él y yo.

Se acerca y recita su texto. Donde me dice que me quiere, pero no lucha por la protagonista, acepta sin más que ella no puede estar con él, aunque lo quiera. Ella, en el fondo, sé que solo esperaba por su parte que le demostrara más. Había sido engañada. ¿Qué esperaba?

Pero no, el protagonista toma el camino cobarde, se aleja aunque se pase toda la vida amándola.

¡¿Y dónde está el luchar por la persona que quieres?!

Odio esta obra más que nunca.

Es conformista y no me parece romántica una obra que acaba así. Me lo parecería una en que los protagonistas apuesten por una vida juntos y luchen por que lo que sienten no se marchite.

Erik se acerca.

Sus labios se posan sobre los míos y me olvido del guion y de todo.

Es nuestro último beso. No habrá más.

Nos besamos con pasión hasta separarnos agitados. Apoyo mi frente en la suya y noto las lágrimas correr por mis mejillas.

—Ya no habrá más besos..., este es el final.

Eso no está en el guion. Me separo y, como hace mi protagonista, salgo corriendo de la escena. Y ahí se queda Erik, mirándola y dejando claro que prefiere ser un mártir a un luchador.

La gente rompe en aplausos y el director me abraza por el éxito.

—No es tan triste este final...

—Lo es, tú escribiste esta obra con este protagonista tan poco luchador...

—Vende más un mártir —admite.

Me llaman para salir a escena y lo hago para recibir el aplauso de la gente. Sonrío actuando una vez más y, cuando al fin cae el telón, me quedo aquí sola, quieta. Escuchando cómo la gente se va, y por primera vez no siento emoción de estar en un teatro, solo dolor.

La función acaba de terminar.

Ahora toca seguir con mi vida.

Erik

Busco al director. No dejo de repetir una y otra vez las palabras de Summer en mi mente. Sabía que esto pasaría. Que una vez acabara la obra, ya no habría nada más.

El problema es que vivirlo me destroza más de lo que creía.

—¡Esta obra no puede acabar así!

—¿Y eso por qué? —me dice el director entrando en su despacho mientras lo sigo—. Él ha tomado el camino fácil. Se pasará toda la vida llorando por ella en silencio. Hay hombres que no tienen los huevos de luchar por lo que aman.

—No es fácil.

—Ya, claro, nada que merezca la pena de verdad lo es. ¿Qué vas a hacer, Erik?

—Yo no tengo que hacer nada, es su obra.

—Ya veré si le doy una segunda parte, pero una vez más te pregunto: ¿qué vas a hacer? Yo puedo escribir lo que me dé la gana, es ficción, y te puedo asegurar que la vida la supera mil veces.

Me observa con intensidad y me marcho de aquí. No sé qué esperaba, o sí lo sé, que me dijera que habrá una segunda parte para tener una excusa para ver a Summer y conformarme una vez más solo con las migajas de unos besos robados.

Salgo hacia donde están dando un cóctel y veo a mis padres riendo con los de Summer; ella no está. No la busco. Me quedo quieto mirando la sonrisa de mi madre y no sabiendo cómo contarle la verdad. Y sí, temiendo que me culpen por ser un cobarde...

¿De verdad lo fui?

Me fijo en mi hermana pequeña. Tiene la edad que yo tenía. Se le ve esa inocencia mientras mira a los chicos de mi universidad y murmura algo con el hermano de Esme, que también ha venido con sus padres. Son inocentes, son niños..., no saben nada del deseo o del amor aún, aunque crean saberlo todo.

Mi hermana me ve y me sonríe. Inocente y feliz, corre a abrazarme y a darme la enhorabuena.

Si a ella le hubiera pasado lo que a mí, no la culparía a ella... y esto no debería ser diferente solo porque yo sea hombre.

Por primera vez empiezo a reconocer la verdad: la violación no fue culpa mía, y no hui porque estaba en *shock*, muerto de miedo y sin creer ni entender lo que me pasaba. Mi culpa solo fue todo lo que vino después de eso y nada más.

Me acerco a mis padres sabiendo que ha llegado el momento de decir la verdad. De aceptar de una vez por todas que yo no quería hacerlo. Que dije «no», y esa palabra debería bastar, venga de un hombre o de una mujer.

Capítulo 43

Summer

La función marcaba el fin de las clases hasta después de las fiestas de Navidad. Estoy de vuelta en casa de mis padres por las vacaciones. Llevo dos días y no he hecho más que ver series y leer libros tirada en mi antigua cama.

Todo está como cuando me fui; el problema es que yo ya no me siento la misma.

Suena el timbre de la puerta y me imagino que será Esme para insistir de nuevo en que haga algo con ella. Le voy a decir que no una vez más. Estoy muy a gusto con mi pijama calentito, mi manta y las series.

—Hola, Erik —oigo decir a mi madre. Mi corazón da un vuelco—. ¿Qué quieres?

—He venido a buscar a Summer.

Mi habitación está en la planta baja, al lado del salón y la cocina, por eso he podido escucharlo todo. Aun así, me parece haberlo escuchado mal y salgo, sin importarme las pintas que llevo.

—Hola, Sum —me dice Erik.

Parece más nervioso que nunca. Se acerca y busca mi mano, necesitando mi contacto.

—¿Qué haces aquí?

—Voy a contarles a mis padres la verdad —dice sin importarle que mi madre y ahora la cotilla de mi hermana lo estén escuchando todo.

—Me alegro mucho por ti. —Le sonrío feliz de que dé ese paso, pero sin saber dónde nos deja eso ahora a nosotros tras todo este tiempo. Está claro que yo no le importo tanto como creía.

—No quiero hacerlo solo, quiero que estés a mi lado —me pide, y veo el miedo en sus ojos.

Miedo a qué sucederá, pero ya no veo que se avergüence o se culpe.

—Claro, me visto y vamos.

Trato de irme, pero no me deja, no suelta mi mano. Las miro de nuevo entrelazadas. La aparto.

—No tardo... —le digo entrando en mi cuarto. Me sigue.

—No quiero que lo hagas como mi amiga, Sum —me dice. Me vuelvo para mirarlo a los ojos—. Quiero que lo hagas como mi novia. Lo que siempre has sido para mí y no me atrevía a reconocer porque pensaba que estarías mejor sin mí. Que te merecías a alguien mejor que yo.

Los ojos se me llenan de lágrimas. No me acerco a él.

—¿Y qué ha cambiado?

—Que me he cansado de vivir a medias, de no luchar por lo que quiero. De dejar que esa... me quite más cosas. Ya me quitó mi poder de elegir. No quiero que me quite lo que más quiero. Y eres tú. Siempre ha sido así, Sum. Tenías razón, te quiero.

Sonrío feliz, no solo porque quiera estar conmigo, sino porque luche. Porque diga «basta» ante la injusticia que se hizo con él y al fin viva.

—Te ha costado llegar a mí de nuevo.

—Siempre te he tenido presente.

—¿Y si yo te he olvidado? —le digo haciéndome un poco la dura.

—No lo has hecho. Me dijiste aquella vez que sabías que yo te quería. Yo también sé mirarte a los ojos y ver que tú me sigues queriendo.

Me lo dice seguro, sin dudas, dejando claro que me conoce. Que ya no va a vivir con miedo, sin olvidar quién fue antes de que todo pasara.

Mi Erik al fin ha vuelto.

Me lanzo a sus brazos y me atrapa con fuerza. Solo por eso no nos caemos al suelo. Lo beso como deseaba hacer desde la última vez que nos dijimos adiós. Me separo y veo su felicidad y su temor.

—Todo saldrá bien. Estamos juntos.

Erik

Entramos en el salón donde están mis padres. Al vernos juntos a Summer y a mí, de la mano, mi madre sonríe feliz. Aparto la mirada sabiendo que esa sonrisa dentro de unos minutos se transformará en lágrimas. Pese a eso no puedo seguir callado. No hice nada malo. Yo no. Ahora lo sé. He dejado de sentir vergüenza.

—He venido a contaros la verdad..., a confirmaros lo que siempre habéis temido. Que algo me sucedió que me hizo cambiar de esa forma.

Mi madre se queda pálida y asiente. Mi padre se

sienta al lado de mi madre y busca su mano para cogérsela con fuerza.

—Me violaron, aunque hasta ahora me culpaba por no haber huido. Por haber sentido deseo y que por eso pudiera violarme... Me ha costado comprender que ante situaciones así uno no sabe cómo reaccionará y que yo estaba tan asustado que no pude huir, porque en el fondo me costaba aceptar que eso me estuviera pasando a mí.

Mi madre asiente y sus ojos se llenan de lágrimas que se deslizan por sus mejillas. En los de mi padre veo la furia y el dolor a partes iguales. Les cuento todo. Summer no deja de acariciar mi mano, de ser mi ancla, mi punto de apoyo.

—Tienes que denunciarla —exclama mi padre enfadado; se ha levantado y da vueltas por la sala lleno de rabia.

—Lo haré. No he llegado tan lejos para dejar que esto quede así y pueda hacer lo mismo a otros adolescentes.

—Por supuesto que no. Te juro que vamos a arruinar su carrera —dice mi padre.

Mi madre, por su parte, se ha levantado y me abraza. Me quedo quieto hasta que me dejo abrazar. Llora en mis brazos. Parece tan pequeña en ellos y a la vez es tan fuerte... Me siento fatal por todo lo que le he hecho pasar. Por no haber tenido la fuerza de contar eso y evitar meterme donde me metí para poder olvidarlo.

—Mi pequeño..., cuánto has sufrido...

Sus palabras me destrozan y a la vez me calman, porque en ellas veo que sigo siendo su pequeño y no me culpa a mí por lo sucedido.

—Siento lo que hice...

—Y yo no haberme dado cuenta antes.

—Siempre supiste que me pasaba algo, pero no cómo llegar a mí. Yo no te dejaba. No ha sido culpa tuya.

—No la ha sido de ninguno de nosotros. Ahora toca tomar medidas y mirar por fin hacia delante.

Se separa y mira a Summer, sé que dándole las gracias en silencio por haber hecho que me abriese a ellos.

Es raro, pero ahora que les he contado la verdad, que he dejado de lamentar lo ocurrido y he aceptado la verdad, me siento más fuerte que nunca. Con más ganas de vivir y con más deseos de hacerle pagar a mi profesora por lo que hizo.

Por primera vez miro al futuro con una sonrisa y siento que la mochila que llevaba sobre mis hombros se hace más ligera.

Capítulo 44

Erik

Voy a buscar a mi profesora, a la que me jodió la vida, a donde da clases. Nadie quería, pero yo necesito hacerlo. Espero a que salgan sus alumnos. Niños de la edad que yo tenía entonces, y al mirarlos temo que alguno esté pasando por lo mismo que yo. Llamo a la puerta y me dice que pase.

Lo hago y la miro. Ya no siento vergüenza, solo rabia y determinación.

—¿Nos conocemos? Me suena tu cara...

—Supongo que abusarás de tantos niños que te habrás olvidado de que soy uno más —le digo con toda la tranquilidad del mundo.

Me mira a los ojos y noto cómo me reconoce.

—Erik, estás muy guapo. —Sonríe como ya hizo otras veces cuando la acusaba—. Yo no he abusado de nadie, y menos de ti, tú querías. No lo olvides, querido.

—No lo olvido, y me violaste. Te dije que no...

—No se puede violar a un hombre si este no quiere, ya que su mecanismo no funcionaría. Hazte a la idea.

—Ya no me vas a convencer de lo contrario. Se puede violar a un hombre igual que a una mujer, y no soy menos hombre por ello. Tú abusaste de mí. —Dejo los papeles de la denuncia en su mesa—. Y a mí no tienes que convencerme..., a ver si te cree un juez.

—Fuiste tú el que abusaste de mí...

—Di lo que quieras. Sé la verdad y se hará justicia.

Salgo de la clase y mi mirada se cruza con la de un adolescente. Veo algo en sus ojos que me recuerda a mí y sé que debo hacer algo. Que tengo que dar voz a todos esos niños, para que dejen de avergonzarse como me pasaba a mí.

Ángel se hace eco de la noticia y la cuentan en sus informativos. En ellos salgo yo declarando ante el juez. Haciendo público lo que tantos años he callado por miedo. Esperando que esto sirva para que otros a los que les pasa lo mismo dejen de sentir vergüenza o miedo y hablen.

—... La familia ha puesto un abogado a disposición de todos los jóvenes que se hayan visto en esta misma situación y quieran ayudar a que esta mujer sea declarada culpable y deje de abusar de más inocentes. —Esto fue idea de mi tía Katt, la mejor abogada que conozco. Miro a Summer, a mi lado, viendo las noticias de su padre en nuestro ático, donde hemos vuelto a vivir juntos—... Quiero añadir algo de mi cosecha —sigue diciendo Ángel—. No hay distinciones de sexo, no es más un hombre que una mujer, ni una mujer que un hombre. Todos somos iguales. Y cuando esto se entienda y se comprenda, dejará de haberlas. Un hombre no es menos hombre por admitir que una mujer ha abusado de él. Un «no» es un «no» lo diga quien lo diga.

Summer apaga la tele cuando pasan a otras noticias. Y se pone sobre mí. Me besa con pasión y se separa para mirarme a los ojos.

—Estoy muy orgullosa de ti.

—No he hecho nada meritorio...

—Estás luchando por vivir. ¿Te parece poco? —Sonrío—. Te quiero.

—Te quiero —le respondo.

Nos besamos. Ya sin prisas, sin miedos, sin ocultar la verdad. Sin esconder tras una obra nuestro deseo de besarnos. Sin vivir a medias, sin sentirme roto, sino más vivo que nunca.

Sigue habiendo miedo, pero esta vez solo por el hecho de que un día deje de estar enamorada de mí y la pierda. Pero con ese temor sé lidiar; me recuerda lo mucho que la quiero y lo vivo que me siento cuando sus ojos se reflejan en los míos y veo que un día más me sigue amando con la misma fuerza con la que yo lo hago.

Epílogo

Summer

Corro por entre los bastidores. Llego tarde al ensayo. El profesor, al verme, me pone mala cara y luego me tiende el nuevo guion. Voy hasta donde está Erik, que me sonríe. Llego tarde por su culpa: hace unos minutos estábamos liándonos en su coche como dos adolescentes en celo. Él estaba perfecto tras nuestro derroche de pasión, pero yo tenía el maquillaje corrido y los pelos de loca. Me tocó pasar por el servicio.

Le doy de broma para que deje de sonreír. Coge mi mano.

—He decidido hacer una segunda parte para la obra. Darles a nuestros protagonistas un nuevo final.

El profesor reparte los guiones para la obra que haremos a final de curso.

—¿Sigues aquí? —le pregunta a Erik.

—Me he matriculado en Arte Dramático para el curso que viene. Esto es lo que quiero hacer.

—Siempre lo supe. Bien, que empiece la función.

Espero a Erik en nuestro ático. Lo he preparado todo para celebrar los dos meses que llevamos juntos, en los que no nos hemos separado ni un solo día.

Las cosas en el equipo de fútbol van bien; el entrenador está feliz de que Erik vaya a pasar más años en la universidad debido a que se ha matriculado en otra carrera, y yo también, aunque ahora seré yo la que acabe antes que él. Cómo cambian las cosas..., y es que nunca es tarde para decidir qué hacer con tu vida.

Al final su profesora ha sido acusada por violación, y no solo de Erik. Su ejemplo ha hecho que varios jóvenes se atrevieran a denunciar. Uno de ellos apenas tiene catorce años. Erik espera que, al haberlo dicho tan pronto, su vida no quede marcada por lo sucedido y pueda cuanto antes vivirla sin ese horrible recuerdo marcando sus pasos. Han hablado pocos, para los que intuimos que deben de haber sido. Espero que poco a poco se atrevan a dar la cara.

Erik está más unido a su familia que nunca; ya no los separa un secreto.

Al fin todo ha acabado.

Las cosas con Esme van de nuevo bien; nos hemos acostumbrado a la vida que llevamos ahora cada una y a cómo encaja nuestra amistad en ella. Eso es lo primordial, cambiar y hacerlo juntas, aunque ya no nos unan tantas aficiones ni gustos por lo mismo, como antes.

Lo importante siempre es encontrar el camino de vuelta hacia las buenas amigas, esas que sabes que pase lo que pase estarán ahí.

La puerta se abre. Erik se queda un poco parado al ver este despliegue de velas por el salón. He apartado los muebles y solo hay una alfombra con una cena fría.

—¿Qué fecha he olvidado? —me dice al entrar.

—Hacemos dos meses —le digo algo desilusionada por no compartir esta misma emoción. Cuando hicimos un mes le regalé una pulsera con un ancla, tal vez ahora no hacía falta...

—¿No me digas? —Pone ante mí un ramo de rosas rojas—. Puede que sí lo recordara.

—Eres tonto, y esto debe de haberte costado una pasta...

—Mi padre me ha vuelto a abrir el grifo. Lo he rechazado, pero al menos sabemos que, si nos van mal las cosas, podemos tirar de ello.

—Si sigues haciéndome estos regalos, ya te digo yo que nos van a ir muy mal.

—¿No puedes decir simplemente gracias y que te encanta? —Me río feliz y lo abrazo.

—Es precioso. Yo solo te he hecho una cena... Con cientos de velas, eso sí.

—A ti te gusta, con eso me basta.

—¿Aunque sea una cursi romántica?

—Me basta con el detalle que has tenido, y con saber que te importo tanto como tú a mí.

Lo miro feliz como nunca y lo beso, enamorada de este chico de ojos grises que primero fue mi amigo para más tarde convertirse en el hombre al que sé que querré amar siempre.

Es lo que tiene la vida, que cada día empieza una nueva función, donde no hay guiones, donde para disfrutar de la obra solo hace falta algo muy importante: luchar por lo que quieres y no dejar que las cosas sucedan sin más. Y entonces es cuando estarás viviendo la mejor obra de todas, la tuya.

Agradecimientos

A mi familia por estar siempre ahí, por creer en mí y por hacerme mirar atrás para ver todo lo logrado, y hacia delante para no dejar de luchar por mis sueños y mis metas.

A mi querida Adelaida por creer en mí y por ser tan maravillosa como eres. Me alegra mucho que mis libros me hicieran conocerte y tenerte en mi vida.

A la Editorial Planeta, en especial a Booket y a Click Ediciones, por apostar por mis novelas y hacerlo con tanto mimo y cariño. Detrás de un libro hay un gran equipo que ama tanto como el escritor la obra y se esmera en que salga perfecto. Gracias por mimar tanto mis libros.

A Merche por ser mi confidente de novela y una de mis mejores amigas con las que los bloqueos desaparecen y solo quedan charlas de risas. Gracias por estar siempre ahí.

A Natalia y Andrea, por ser parte de mi vida y tan buenas amigas.

A todos mis lectores y a los nuevos, espero que mis libros nunca dejen de enamoraros y haceros esperar con ansias el siguiente. Gracias por estar siempre ahí, ya que un escritor no es nada sin sus lectores.

Serie *Sweet Love* en Booket: